小さな幸せ46こ

小幸福寶典

吉本芭娜娜

劉子倩 譯

小幸福寶典

contents

睫毛與超高層公寓

整天忙著做家事弄得手都變粗了，昔日戒圍七號的纖纖玉指也變得骨節粗大，完全成了老媽子的手，但那並不可悲。反倒是年輕時，除了做晚餐的時候，一整天手都是乾的，想來甚至覺得少了點什麼。

況且，拼命工作自然就能忘記各種不愉快。

東西得從那個瓶子移過來，啊，還得先把走廊的狗尿擦乾淨，家裡的衛生紙用完了也得去買，浸泡紅茶菇的紅茶不夠了（說不定就是因為連這種事都做才搞得自己很忙？），小孩和狗玩過的地毯也得清洗……源源不斷的「眼下待辦事項」有時也會讓我很煩，不過大多數時候那都救了我。

所以這種改變就不計較了，唯一有點小難過的是手變得太粗糙之後不再去美甲沙龍。

我很喜歡看色彩鮮艷圖案特別的光療樹脂甲，也很享受做美甲，可惜不僅手變粗，做園藝或帶狗散步時，好像也不太適合翹著那樣的繽紛指甲，玩了兩個月左右就立刻放棄了。

美髮院也是頂多半年才去修剪一次瀏海，也沒空去做護膚美容，我懷疑這樣下去不只是逐漸變成歐巴桑，簡直和歐吉桑沒兩樣，但這樣馬虎的我唯一持之以恆的是種睫毛。

由於工作關係，我經常出席正式宴會。通常我都用有模有樣的衣服鞋子及化妝好歹應付過去，但有時這招行不通。而我最吃不消的是穿高跟鞋，其次就是清除眼影。

我也想過那乾脆不要畫眼影了，可是如果有上妝卻沒有眼影好像就少了什麼，所以還是得拚命塗抹。但那玩意如果不多費點工夫根本擦不乾淨……

對於這樣的我而言，種睫毛簡直是救世主。

如果找技術好的師傅做，睫毛不會輕易脫落，就算脂粉未施，看起來也像化了妝，而且兩週維修一次就好，最重要的是全程閉著眼睛做，所以種睫毛時還可以睡覺！

我在住家附近找到不錯的美睫沙龍，定時報到成了我最幸福的期待。只要昏睡十五分鐘至一小時左右，醒來時睫毛已經又濃又密，那種幸福在別處無法體會。

做臉的話沒有那麼神奇的變化功效，美髮院則是要坐著，無法倒頭大睡。

這樣發展下去大概會想整型吧……可是據說術後很痛，而且這個年紀才整形，能夠靠美貌掌握的幸福恐怕也不多……我的美容欲望就此止步。

我常去的美睫沙龍的女師傅是個非常聰明靈巧又有女人味的人，能夠近距離感受她用高超的專業技術種睫毛也是一種樂趣。

那家沙龍位於超高層公寓的九樓，我平時少有機會從九樓眺望自己住的城市，每次總是對著那絕佳景觀看傻了眼。

遠處傳來電車聲，可以俯瞰平時總需仰望的車站周邊大樓，車站前街頭樂團的演奏也隨風隱約飄來。

唉，這麼亂七八糟吵雜喧囂，這個城市也太沒規劃了吧，可我又想趕緊回到那雜沓之中。

和女師傅小聊片刻，凝望窗外風景，付錢走出美甲沙龍，眼前頓時出現超高層公寓內才有的奇妙世界。

在電梯和玄關大廳會遇見難以形容的奇人。年齡和職業都五花八門，大叔拎著超大件行李，看似風塵女郎的小姐異樣濃妝豔抹，年輕人全身刺青，老太太眼光犀利，總之不斷刺激我的想像。我住的地方比較僻靜，沒什麼陌生人走在路上，因此少有機會切身接觸到都心區居民的多樣化生活。

素顏卻頂著長睫毛，睡眼惺忪盯著那些人打量的我，或許看起來更可疑——不過那個就先不提了，總之早就想去那種超高層公寓見識一下的我，就各種角度都超級滿足。

孔雀魚寶寶

生了一個孩子後也曾想過再生一個，但目前的生活狀況實在不太可能再生孩子。

想到那是僅此一次的經驗就有點惆悵，要是能再多仔細品味一下就好了。

後來養小狗，隨興的我甚至感嘆，「噢，人和狗果然不太一樣。」不過能看著小生物逐漸長大是一種幸福。

只能眼看著父親死去的冬天過去了，我就像著魔似地開始養孔雀魚寶寶。

院子水缸中的孔雀魚數量固定不會增加曾讓我感到很不可思議，不過仔細想想，魚卵都被大魚吃掉了當然不會增加。於是，我決定拔一些水草移至別的容器，第一次嘗試孵卵。

結果魚寶寶不斷誕生。

說來理所當然，紅孔雀魚的寶寶即使不到一公釐長也是紅色的，黑孔雀魚的寶寶是黑色的。白孔雀魚的寶寶是白色的（笑）。

唯有爲這種事情感動時，讓我忘卻悲傷。

下雨會嚴重改變酸鹼值，導致孔雀魚寶寶一下子大量死亡。某天早上探頭一看，魚寶寶都不見了，在水中動也不動。

不是錯覺，那其中眞的只有死亡的氣息。

雖然當下超震驚地感到不捨，但我又從大孔雀魚的水缸拿水草過來。

即使生再多，存活的也很少。不，正因如此才要生很多。那就是魚的世界吧。觀察之後讓我如此切實感受。

這樣一再重複的過程中，倖存的少數孔雀魚漸漸長大了。

每天，我只是餵點魚食換換水，牠們就一點一點，眞的是變化很小卻確實地長大了。

有一天我鼓起勇氣把小魚放進牠們父母的水缸，起初大孔雀魚不停啄小魚，但是很快就混熟了一起游動。

如此微小的世界也洋溢激烈的生存競爭及大自然的恩賜與生命力呢——這麼一想，不禁莫名感動。

魚寶寶們用那只有一公釐長的身體，拼命追過來吃我弄碎的魚食。說不定明天下大雨水滿溢出，或者附近的農藥隨風飄來，又或者突然出現大量田螺把牠們吃掉，令牠們瞬間死亡。

但今天，牠們在今天的水中盡全力游泳進食。努力想長大。

牠們不可能像狗一樣跟著我打轉，也不可能活上十幾年。哪天被汽車或腳踏車撞翻水缸，牠們的生命便就此結束。

然而牠們盡力活著，那種姿態撫慰了我。

心無雜念地看著孔雀魚寶寶時，我像孩童般瞪大雙眼，滿懷幸福地相信生命。

小時候養孔雀魚時，並沒有這種心情。

那時我只是看著眼前的孔雀魚，並未想過那些孔雀魚打哪來，如何日漸長大，延續生命到下一代。

我很懷念那樣天眞無邪的自己。

現在就算看著人也會這麼想。想長遠觀察的想法和想把握當下的想法交錯。努力在二者之間取得平衡，或許正是人生。

前面也提過，大孔雀魚會把自己產的卵和魚寶寶都誤認成魚食吃掉。但是等魚寶寶長到一定的大小後，成魚突然就知道牠們是夥伴了。就算本來湊過去想吃掉，也會遲疑：「嗯?慢著。」然後啄個幾下就自動離開。

看到那一幕，我感到生存的殘酷，同時內心深處也莫名感動。

人應該也有那種野蠻的野性。

生物要活下去肯定不容易。掌握關鍵的永遠是肉體，我深感這點，心情振奮地從水缸前起身。不知怎地忽然湧現少許幹勁。我很慶幸不只是被療癒而已。

正因爲可以計數

我認爲小幸福攢到夠多之後，不知不覺就會形成安全網。

人生絕不可能到了某個階段就變得輕鬆省事。總是毫無道理歷盡艱辛無法盡如人意，叫人心酸又苦澀。

小幸福即使攢了很多也不會變成大幸福。

但它可以在不經意間拯救人，讓人安眠，或是感染他人。

最後就像湊巧張在那裡的網子，拯救墜落的當事人。

雖只是那種程度，但有它在，眞好。它甚至有可能最終變得具有重大意義。

長大後，很難像小時候那樣天眞無邪看待事物。

正因如此，我想像小孩一樣計數小幸福「有幾個」。

那是我想蘊藏在書名中，看似小實則大的意義。

如果能夠像小女孩蹲在地上數小石子那樣心無雜念地發現幸福，那個人無論置身任何處境都不會不幸。

小孩不會去想要攢到多少「個」才好。只是一心一意數數。我認爲那樣就很好。

夏天以外的季節去海邊，通常無事可做。

看海，被長空擁抱，發呆。

踩水，四處奔跑，撿木棒在沙灘寫字，做完這些舉動之後，不知怎地大多數人都會開始看腳下的小東西。

啊，有小螃蟹。這是什麼蟲子啊，長得好詭異……有漂亮的貝殼，撿回去吧。這珊瑚的形狀很漂亮，拿回去當筷架吧。

如此這般。

會漸漸開始尋找最完美合乎心意的珊瑚和貝殼。

這種時候，海邊所有人都露出小小孩的神情。是那種滿腦子只用「幾個」爲單位去思考的神情。

我很喜歡看那種神情。

眼前難得有如此遼闊的風景，大家幹嘛專門盯著腳下，這麼一想，就覺得旅伴全都好可愛。

在希臘的米克諾斯島，有一個同性戀帥哥獨自埋頭在石頭鑽孔創作飾品。他會去海邊尋覓顏色漂亮的小石頭。粉紅色石頭、紅石頭、心型石頭、可以做成戒指的石頭……他不停尋找各種石頭。

之後帶回工作室，和銀飾組合或打磨，創作出最能讓那石頭充滿生命力，世上獨一無二品味出眾的小作品。

米克諾斯一帶的石頭很圓，顏色非常漂亮。

他能想到利用這點很了不起，運用同性戀特有的品味把石頭昇華爲藝術也很了不起，但最厲害的還是他一直在海邊保持赤子之心，所以才能激發靈感創作出這種針對成人顧客的品味超凡飾品。

考究的配件，極度纖細的鐵絲，男人掛在脖子上也很好看的大紅色粗橡皮圈，他做的雖是紮實學過工藝技術的成年人工作，最深處卻潛藏小小孩時代的他。

「謝謝妳又來光顧。我很喜歡你們的品味。」

他總是這樣笑臉相迎。

由於太講究，他結帳的動作也很慢，每件商品都要一一細心包裝，因此很耗時。

所以有人在購買時，其他同伴就走出小店，站在外面的小巷聊天。店面正前方的房子有巨大的九重葛，滿樹紅花恣意怒放。白色石板路和那色彩極相襯。從巷子仰望只能看見小片天空。良夜正要開始。

抱著那種心情看他浮現在小巷夜色中的店面，會很幸福。

只屬於他一人的店內擺滿他的作品。陳列無數被大自然創造、被海浪沖刷的漂亮石頭。不是偷懶只賣石頭的店，也不是徒有品味缺乏自然的店。他保持恰到好處的風情，始終在那裡。

那裡距離日本很遙遠，不可能常去。頂多幾年一次，朋友去度假時如果時間配合得上我才能跟著去。

然而，我總覺得它近在咫尺。

今天那個帥哥八成也用有點娘的動作製作飾品。想必那樣的生活絕不輕鬆，他堅持完美主義，所以作業過程恐怕也很辛苦。但是只要去那裡，他肯定永遠都在——在無數石頭的環繞下。

雖然過著如此忙碌的每一天，但我也好想那樣啊。

當某人想起我時，如果也能這樣感到小小的幸福或溫暖，該有多好。

家事的聲音

我母親體弱多病，但她非常愛乾淨，因此總是吃力地抱病打掃。

由於她看起來太辛苦太難受，讓我變得討厭打掃。

母親後來身體更差，不太能做家事了。結果不做家事的愧疚讓她看起來更難受了。

每次我如果對此事著墨太多她總是很生氣，不過現在她已過世，寫出來也沒關係了。

「就算妳不做家事也沒關係，我更希望妳能保持笑容不生氣就好」中學生的我實在講不出這種話。我心想，如果她肯微笑分享，我其實很樂意幫忙。

青春期的小孩，雖然整天把煩哪、討厭、麻煩死了掛在嘴上，但那只是為了裝酷，實則心裡都明白。只不過不知該如何表達而已。

所以現在，變成家庭主婦的我煩躁到最高點地做家事時，雖然火氣大得幾乎失控，卻已經學會去想：要小心喔，等妳熬過這一關，喘口氣之後，待會最好能夠露出笑容。

這樣的話，不只是自己的孩子，我想昔日的自己應該也會高興。

有了孩子後，起初不管去哪都捧著孩子（他是個巨嬰，只能用捧著來形容那種抱法），但漸漸就無法再那樣了。

如果帶小孩去開會或突然餵奶，很多時候都會有人露骨地表達困擾，可是不帶小孩就必須托人照顧。

父母都已高齡，姊姊要照顧父母，因此我出國工作也一定會設法帶著小孩去，但那相當吃力。感覺上真的是頭暈腦脹精疲力竭勉強撐過去。

打掃洗衣這種最基本的家事最耗時，我只好請幫傭每週來三次幫忙處理。

我在各種時期找過各種人來幫忙，所以也發生過許多可笑、可泣、可怒的誇張遭遇。

如今還留下的，是眞的很優秀、很親切，而且比我會做家事一千倍的二人。

我是在家工作，因此如果環境不夠安靜眞的難以專心工作。

而且，有時寫到一半，我會突然看ＤＶＤ查閱資料，因此常隨時在家中任何地點走來走去。睡覺時間也不固定，好不容易睡著時，如果幫傭來了開始打掃，我會痛苦萬分。基本上，光是外人在家裡就會讓我有點緊張。

即便如此，我還是漸漸習慣了。

我作夢都沒想到，自己竟能習慣這種事。

在我從小成長的家庭由於來客太多，毫無自家人的時間。所以我渴望擁有自家人的時間，想要一個沒有外人打擾的安靜的家。

然而，無法盡如人意正是人生。

如今即使幫傭在使用吸塵器我也能呼呼大睡，小孩在旁邊大吵大鬧我照樣也能寫小說。

我想這是驚人的成長，或者說適應力。

重感冒爬不起來時，家裡有幫傭在，會讓我有點想哭。

雖然對方並沒有特別爲我做什麼，我也沒抱期待。

我可以自己去倒水，也能自己換冰枕。

但發燒的腦子會想，啊，有人在家替我做家事眞是太好了。

雖然她不是自家人，但她踩著平靜的腳步聲淡定打掃，洗衣服，幫我領包裹，處理一群貓狗拉的尿，代替我去接小孩放學回來。

那是花錢雇用的人，不是私人朋友。這我明白。

但我還是夢想著，並且自認我們在某方面心意相通。

家事達人發出的聲音，刻劃正確的節奏，宛如音樂。

將來等小孩大了，幫傭大概也會離開。

如果我渴望的安靜生活終於來臨了……我想我肯定會懷念這種小幸福。

我想我肯定會衷心思念曾替我稍微分擔沉重負荷的這份真心。

紀念日會去的店

很多東西現在都已消失了。

我自己小時候常去的地方，父母在世的日子，離去的人們，搬家後再也沒去過的場所……太多太多，多得令人喘不過氣。

不過，如果是其中的小事，就能幸福地笑著說聲「好像是有過這回事呢」。

我想那或許可以成爲心靈的養分。

日本人經營的店少有歡迎幼兒的店家。

不過如果歡迎幼兒，也的確會有慘痛後果。

我家附近某間餐廳，是家有零到三歲幼兒的媽媽們共進午餐的知名地點，每次一去必然會發現所有的小孩都站在位子上或所有的媽媽都在怒吼。而且廁所總是客滿。如果是單身時代的我大概會覺得很煩，但我現在懂得育兒的辛苦所以可以溫馨看待。即便如此，想看書或者必須看樣稿（印刷成冊前的樣本，作家必須校對這一大疊稿子）時，我還是會避開那家店。

我覺得還是「來者是客，我們都歡迎喔」的感覺恰恰好。

我丈夫的工作地點附近，有一家還算高級的中餐廳。離車站很近，似乎常有人來此談生意，因此有幾間小包廂。

不管有沒有寶寶，我都經常忙於工作而且很沒效率，累得半死帶著小孩在丈夫的工作地點附近結束工作時，當我想到「回家還要煮飯太麻煩，不如吃碗麵或火鍋再回去吧」，我總是會去那家中餐廳。

如果帶著小孩總是會立刻被請進包廂，就算只點單品也沒問題，而且我們一家每逢紀念日就會大手筆去那裡吃套餐，所以店裡的人也認識我們。

店內有兩個工作幹練的阿姨，而且幸好兩人都喜歡小孩。

最棒的是阿姨認識我們一家之後，就算我們沒花多少錢也照樣把我們當成上賓。

不過有一天，阿姨們都不見了，新來了一個經理。雖然待客手腕高明，但並沒有特別喜歡小孩，我們漸漸不再光顧。最近不知怎地還變成「賣中國菜和泰國菜以及越南菜」的餐廳，我也搞不清楚。我擔心他們說不定出現經營危機，偶爾會在午餐時間去吃河粉。

寶寶上小學後，我得替他做便當，不過也有空和朋友出外吃午餐了。時光飛逝。

店內裝潢完全沒變。招牌菜擔擔麵的味道也沒變。

然而，那些阿姨已經不在了。

燈光也傾向異國風情有點暗。

包廂變成只有晚間才使用。

偶爾環視店內，我試著回想當初。我讓寶寶坐在膝上，一手把炒飯划進嘴裡。在旁服務的阿姨們滿面笑容。

雖然那些現在都消失了，但與其說寂寞，我只覺心頭一熱。

我總覺得，藉由那樣的改變，那一刻被永久保存下來。

日積月累固然重要，也有些東西正因爲突然被切斷了才會留下。

心頭湧上那種感覺，我微露笑顏。

東京車站

誰能想到東京車站竟然會變得那麼光鮮亮麗，出現那麼多店？

大丸百貨的便當賣場也重新裝潢幾乎天天被電視介紹，洋芋片和巧克力這種大家熟悉的零食標榜可以現做現吃的店前總是大排長龍，丸之內出入口也徹底復原，還有很多知名餐廳和拉麵店，變成不搭車的人也會特地來玩的景點。

小孩喜歡，所以這種地方我們四處看了半天，但習慣關西和韓國的我每每感嘆，「東京人就算是昂貴又難吃的店也很愛去呢。」

我去那一帶，總是只去ＣＰ值很高的幾間店而已。便當也多半在固定的地方買。

在關西和韓國，如果不是價廉物美的店，客人根本不會上門。那種明快的態度甚至讓我感動。

對了，說來店家本來就是由我們來選擇的嘛，我頓感神清氣爽。待在東京，不知不覺就會感染「有幸得以入店消費」、「感謝店家讓我付錢用餐」的氛圍，想想眞不可思議。

但願東京也能有更多像我在關西和韓國時忍不住大聲說「雖然便宜卻好吃得難以置信！」的店家。現在經濟不景氣，想必有那種需求。

但願人們拋開矯情，露出更有活力的神情。

因爲我認爲吃了美食展露歡顏，雖然單純卻是非常美妙的魔法。

但我還是喜歡東京車站。

小時候和父母出門旅行時總是從東京車站搭車。旅行歸來，體弱的母親拿不動沉重的行李，因此出了剪票口總是立刻去計程車候車處。我家雖然窮，對這方面卻毫不吝嗇。

如今建築物的感覺變了，但構造一如往昔。

走出東京車站的剪票口，真的是形形色色各種人都有。和上野有點不同，和品川也不同，不可思議地龍蛇混雜。

晚間抵達東京，夾雜在那形形色色的人潮之間去搭計程車時，總有種寂寞又幸福的奇妙感受。

如今想來那大概也是一種旅情。

「不是之前接觸到的陌生事物，我有歸去之處。那裡有我熟悉的東西在等我。」

這點讓人格外感激，彷彿有了依靠。

或許即便幼小的心靈也知道，平時煩人的家人或兄弟姊妹，在這陌生的人潮，各懷心事走過的人們之中，是唯一能夠相依相惜的人。

我每每也會想起，我和那個爲了協助丈夫工作而辭去多年兼職的女孩，以前每次都是在東京車站道別。

我們全家旅行時，她通常以保母的身分同行。

抵達東京車站後，她去搭山手線，我們一家人去停放自家車子的停車場。

每次穿過新幹線的剪票口，說聲謝謝，滿懷旅途回憶就此分開時，之所以會那麼傷感，想必是因爲隱約知道或許很快就無法再這樣一起旅行了。

九年之中，我和她去過各地旅行。

我們沒吵過一次架，旅途沿路洋溢我們與小孩的笑聲，在旅行地點邂逅各種人，回憶多如繁星。

昔日常在身旁的那張臉孔不見了，伸手可及的那隻手也不在了。

雖然有點感傷，但「我的東京車站」也與那份回憶重疊，所以更加煥發深刻的光彩。

將來等我離開這世間，小孩和他心愛的某人或家人一起在東京車站下車時，是否也會懷念我們，以及那個兼職女孩呢？

就連我自己都不敢相信。

世代傳承，居然會輪到我帶著自己的小孩，以母親的身分在東京車站下車！自己不知不覺已成熟到足以扮演母親了嗎？我內心思忖，同時牽著小孩的手向前走。

對了，以前我的父母其實也沒有那麼成熟，肯定也和現在的我一樣走一步算一步。

這麼一想，我真的鬆了一口氣。

蟲

想必很多人都討厭蟲子。

這次要談的是蟲子，討厭蟲子的人請瞇起眼看。

我當然並不是熱愛蟲子。

尤其討厭水蛭，偶爾在院子被水蛭爬上腳趾，甚至厭惡得快暈倒。明知不能硬扯下來否則會流血不止，還是忍不住尖叫著甩開。

不過我敢把毛毛蟲和蟑螂放在手心上，所以應該算是比一般人膽子大一點。雖然拿這種事情來自豪炫耀好像也有點奇怪。

之前我們在夜間抵達印尼，住在烏布附近森林中央的旅社。

有超～多那個季節才有的飛蟻。

數量實在太多，甚至讓人頭暈眼花。

我肚子有點餓，拿出在超市買的洋芋片配啤酒，結果明明是半夜竟有蒼蠅不知從哪飛來。

邊趕蒼蠅邊拍開飛蟻，在黑暗中倉皇度過點心時間，完全沒有度假氣氛的我們也算怪咖吧……。

本想洗澡，卻發現浴缸裡有太多飛蟻，被迫面臨「要把這些飛蟻全部沖掉再泡澡，還是直接泡個飛蟻澡」這種終極抉擇，最後只好淋浴解決。

隔天早上，旅社的員工來打掃過房間，我心想：「趁現在！現在不泡澡的話又會出現一大堆飛蟻！」急忙動手放熱水，沒想到不知從哪出現很像蚯蚓的怪異生物在熱水中游泳……。我只好拿毛巾把那玩意抓起來，泡了一個「有點蚯蚓風味的熱水澡」。嘔～

除此之外，行李箱也不斷有蟲子鑽進去，房間好像變成災難電影的場景，不過我竟然習慣了。

那一切都突然習慣了。

習慣之後就懶得計較了，我心想，游泳池也挑沒有蟲子漂浮的地方下水吧，照樣下水。

巨大得匪夷所思的熊蜂嗡嗡飛到漂亮的紫花上吸花蜜，蝸牛揹著顏色格外鮮亮的黃殼慢吞吞爬圍牆，牆壁凹陷處有兩隻青蛙動也不動地睡覺，泳池邊有許多很小很小的紅螞蟻列隊前進，紅蜻蜓火紅得幾乎讓人暈眩……總之那裡有各種昆蟲。

吃早餐時果然又有很多蒼蠅不斷飛來，立刻就想停在吸管或盤子上，我們必須一邊揮手趕蒼蠅一邊迅速吃完。連那種事我也習慣了。

我是東京人，並沒有在這種昆蟲多到離譜的環境長大的經驗，不過仔細想想，小時候周遭其實也有很多蟲。蒼蠅和飛蟻當然有，也見過許多蝸牛寶寶誕生爬牆，雨後還有很多青蛙跑到路上。

我知道很多人巴不得世上沒有那種東西。

但是，要抹殺世上已有的東西還挺難的。

不是幸好消失，是本該有的東西消失了。

雖然許多有害的東西消失更好，但本來存在的東西消失，肯定還是很不自然。

由於太習慣了，回到東京後什麼蟲子都沒有，甚至感到有點失落。

蟻蛉和那漂亮的草蜻蛉卵也難得一見。

蜜蜂闖入家中引起一陣大亂的情形也變少了。

不過，如果去院子仔細觀察，會發現還有各種昆蟲生存，令人安心。

該在的東西還是在比較好。

哪怕很噁心，很可怕，很麻煩。

雖說只有森林旁邊才會出現那麼多蟲子，但我以前住在烏布的高級飯店，爲什麼蟲子那麼稀少？肯定是噴灑了相當大量的農藥和除草劑、殺蟲劑。

這麼一想，就連什麼對身體好什麼令人噁心，都變得難以判斷。

當我思忖該如何是好時，首先想到的就是那種「習慣」的感覺。

就是那種感覺，讓起初那幾個小時不停尖叫的我，變得可以默默趕開蒼蠅喝果汁，揮手俐落拍開飛蟻，大力拍打枕頭撣落紅螞蟻後翻個面照樣呼呼大睡，在拖鞋裡發現蟲子也面不改色。

待在東京乾淨漂亮的房間很難相信那種事，但我覺得人類眞的很強。

雖然回不去

事情的最初，無論是初戀或第一份工作都令人難忘，我想任何人都同意那絕非後來的經驗能夠取代。

啊，當然第一次性經驗也是！

之後就算有過許多美好體驗，第一次的回憶仍永不褪色。

那樣的拚命、毫無保留地付出過，所以才會銘記心扉。

我忍不住想，要是每天早上都能像轉世重生、迎接人生第一個早晨似的心情醒來該多好。

在我的事務所草創期有個兼職的女孩，我認識她時她才十八歲。我們逐漸親如一家人，她大學畢業後毫不猶豫地正式來上班。

正因彼此當時都年輕，才能那樣不假思索地勇往直前吧。

我們一起去過各種地方，吵過，大笑過，深信這樣的日子永不中止，一輩子都會這樣在一起。

然而，遺憾的是人生當然會有種種變化降臨。

我結束了新人特有的，盡量投資自己體驗人生的時期，逐漸到了必須對社會負責任的年齡，彷彿要讓自己意識到已步入光靠鬥志行不通的轉換年代，我的身體出問題病倒了。

當我抱病變得軟弱時，負責照顧我的她想必也精疲力盡吧，我們逐漸離心，我病倒後事務所的工作也變得死氣沉沉，她對工作的態度也不由怠慢了。

期間我和她那個熱誠來幫忙的哥哥談起戀愛，被冷落的她漸漸關閉心門，最後辭職離去。

我想自己當時其實非常寂寞吧。

她離職五年後，我在我們以往每次相約的澀谷巴爾可百貨，突然哭了出來。想到含笑的她好像下一秒就會一如往常地出現，我再也停不下眼淚。

然後我終於接受了她的離去。

從那天起，我自然而然又開始和她恢復聯絡。

我和她的哥哥交往多年最後還是分手了，我和別的男人結婚生子，期間她做過各種工作，後來去了義大利嫁給在當地認識的人，同樣也生了孩子。

我湊巧因工作去米蘭時，她帶著孩子來找我。她在我飯店的隔壁房間住了一晚，讓彼此的小孩一起玩，一起吃飯。

看著孩子們嘰嘰喳喳，我想，能夠這樣眞好。當初分開時雖然感到青春終了非常難過，但是既然克服種種難關後還有這樣的時光等著，那就完全沒關係。我開始認爲，這樣更好。

青春這碼事，最美的就是滿腦子只顧著自己，壓根沒有培養別人或守護別人的餘暇。

所以我想，能夠以現在的我相見眞好。痛苦的時代連快樂的回憶都難受，現在卻可以當成美好的回憶看待。

「老師，沒吃午餐會不會餓？我現在去買帕尼尼三明治或披薩！」她用一如往常的語氣說，帶著小朋友匆匆離開飯店，買了許多好吃得匪夷所思的帕尼尼回來給我。

身爲吃貨的她永遠可以發現美食。無論在哪個國家，什麼樣的鄉下，都能發現當地的美食。

想到她這點完全沒變，我很開心，大力誇獎她這種才能。

當時視作尋常甚至沒有誇獎過她這項專長，可那個專長當時不知讓我和其他工作成員多麼幸福。

看著現在成爲媽媽依然發揮那項才能的她，以及專心吃帕尼尼的孩子們，
我只感到無比幸福。

時間的贈禮總讓人幸福微笑。

出格之美

我偶爾會去的西班牙餐廳，非常與眾不同。

我很少外食，但若是偶爾出去上館子就會認眞尋找美食，是個很有吃貨精神的人。一年如果不去一次那家館子，我就覺得自己的舌頭好像在抗議「好想念那個味道啊」。

那家餐廳位於地下室，很老舊，店內有很多書，就像一般人家的客廳。店內一角放著切生火腿的機器，廚師會在眼前替客人切生火腿，但那也很像去別人家作客，由那家的大叔幫忙切肉。只見他明明剛才還坐著抽菸，嘿咻一聲就站起來操刀。

我兒子大聲說生火腿好吃，廚師就會不顧套餐順序，主動又送來一份生火腿。

就是那樣的店，總之服務周到又美味。

那位大叔做的菜已超出西班牙菜的範圍，想必精心研究過如何發揮每個季節的素材風味。他總是能用當季最適合的素材推出夢幻組合令人大開眼界。

他自己動不動就喝啤酒和葡萄酒，最後必定會附贈一杯琴酒，他自己也跟著喝，客人不多時就像居酒屋一樣坐下來和客人聊天，雖然覺得這人很誇張，但東西好吃所以拿他沒轍。

儘管我每次都懷疑，「態度那麼隨興，該不會哪天就水準下降？」但味道始終沒變。餐點非常細緻地做過事前處理，顯然是非常細心周到地觀察，否則做不到那樣。光看火腿的切法就知道。均勻，美麗，洋溢著想讓客人吃得開懷的用心，可以看出他厲害的廚藝。

這世上最好吃的，想必是烹飪高手不惜成本爲家人朋友用心製作的食物。那間餐廳的想法就近似那樣，所以才能這麼完美吧。

那間餐廳通常是侍酒師小姐和廚師大叔搭檔經營，那位小姐也是少見的頗爲幹練堅毅的神祕美人。

通常廚師做好事前處理的食物就由她來完成最後一步盛盤，她的動作毫不遲疑。

她是侍酒師，所以也會替客人選葡萄酒，而且從來不會讓人覺得「有點不合口味」、「開瓶之後放了太久」。味道與溫度恰到好處，甚至會令人忘記那是葡萄酒。就連不太懂葡萄酒的我都知道那有多厲害。

但這位小姐毫無架子，也不會自己主動滔滔不絕。廚師有點胡鬧時她也壓根不在意，杯子空了她就會立刻過來問還要不要添酒，用完的餐盤也立刻收走，那種自然流暢的默契在一般餐廳絕對看不到。

無論什麼時候去，她總是站得筆直，絲毫沒有疲倦或狀況不佳的樣子。她的姿勢凜然堪稱天下第一。

看著這對奇蹟般的搭檔，每每讓我深感每個人都是無可取代的存在。這位低調安靜得恐怕幾乎無人注意到的小姐不停工作，徹底協助廚師。

「去把那個拿出來，稍微加熱。」

廚師根據我們的用餐進度，忽然這麼嘀咕。

「好。」

小姐說著，一眨眼就把塗了肉醬的烤麵包當成一道小菜送來。

那種默契之佳，幾乎令人嘆息。

饒舌的我忍不住說：

「你們好有默契喔，而且妳好安靜喔，還是美女耶。」

小姐說沒那回事，只是習慣了。然後靜靜微笑。

我覺得眞好。

雖然這家店就各種角度而言都嚴重脫離常規，但是像這樣強烈突顯個人色彩的店，如今似乎正從日本不斷消失。可我還是更喜歡這種有特色的店。經過餐廳附近時，想到今晚那位大叔和小姐八成也不管有沒有客人依然在店內本色演出，我就會忍不住微笑。即便是小小的出格，看著它做到極致，還是會大快人心。

滿足的夢想

我的朋友清美，住在加州的小鎮。

她的臉書總是會貼出造訪她家院子的小鹿小鳥、四處散布的小型藝術工坊創作的優秀作品和她自己創作的陶藝作品，光是看著就讓人陶醉。

以前看過她訪問住在附近的人。文中提到：

「這一帶的街景和大自然都太美了，所以上大學後離開此地的人，成年之後不知幾時也會搬回來。而且碰面時總會互相說，『很遺憾，我去過的其他城市都沒這裡好，我已經打算一輩子待在這裡。』」

那裡有這麼棒啊……我反省自己，好像對家鄉並沒有深愛到可以講出這種話，不免有點傷感。

我雖然決心哪天一定要去那個小鎮玩，但每天忙得團團轉分身乏術，況且如果去了很可能會想住下來，所以也有點害怕。

日前清美難得回國，我們相約吃飯。東京車站前的大樓內有很多不錯的店。有許多使用天然素材的化妝品和漂亮的咖啡屋，只要有錢，可以盡情購買好東西喝好咖啡。

然而，似乎不盡然只有那些才是美好的。

清美帶了很多小禮物給我。

「這是我朋友做的浴鹽。」

「啊？浴鹽可以自己做？」

「芭娜娜，我告訴妳，做那個可簡單了。」

我驚訝地趕緊抄筆記。

「然後，這是我做的護脣膏。」

「啊？護唇膏可以自己做？」以下對話相同……。

「還有，這是我家附近非常有名的店的咖啡。太濃了，我如果空腹的時候喝，胃會不舒服。」

「那應該不能拿來送人吧（笑）。」

「不過，是眞的很好喝，又很有名，所以我才帶來。那家的招牌就是濃郁香醇的咖啡。」

回家後我打開那些美好的小禮物。

浴鹽裝在漂亮的玻璃瓶中，裡面放滿迷迭香和杜松子，味道超級好聞。簡直像置身在森林中。

護唇膏含有大量酪梨油，標籤是清美親手畫的貓咪。

上面還用英文寫著「請勿用於貓咪」。完全表現出清美快活幽默的個性，讓我很開心。

還有那包咖啡，的確是深焙的豆子風味濃烈，但味道很香，喝起來很順口。

在她住的那一帶，那些藝術團體的成員都是利用周遭的天然素材，用品味出眾的包裝做出那樣的商品後拿去跳蚤市場賣，或是在純淨的空氣中享受那麼美味的咖啡，或者多走幾步路就是有很多動物的森林。那種香氣和美味讓我感到，真的是能夠過豐饒生活的好地方呢。

我們在東京拚命拿錢出來遠行或排隊收集來的東西，他們在那個小鎮已盡數擁有。對身體好的東西幾乎全都毫不費力就能用低廉的價格自己創造出來，而且只要隨便散步走幾步路，想必看到的都是美好的大自然和出色的店家。

我想像住在豐饒小鎮擁有豐饒心靈的清美。

——自己的城市最好，待在這裡就心滿意足。

可以讓我那樣想的地方是哪裡，我還不知道。

但只要那樣夢想，或許就能明白什麼。明白對自己最重要的是什麼。

幾年前我去茂宜島，順路去了馬卡瓦奧這個小鎮。

據說那是牛仔鎮，所以我以爲一定很粗獷，沒想到是個很可愛的地方。空氣清新，青山聳立，小街道旁是成排各有特色的漂亮小店，大樹下有小餐廳。可愛的人們俐落工作，爲我們送來色彩漂亮的食材閃閃發亮的食物，附近還有人在演奏小提琴。

蔚藍的晴空，樹葉美麗的色彩，徐徐吹來的清風。

那種地方，肯定是充實的所在吧。

是讓人一輩子都不想離開，一切都垂手可及的場所。

我想住在那種地方。

故鄉東京雖非如此，但至少我想在自己的家中打造美好場所，雖然這麼想，可是我今天還是在狹小凌亂的房間埋首書堆寫稿。

JOJO的法則

我曾在嚴冬與數人去托斯卡尼地區旅行。

爲何提出那麼辛苦又寒冷的旅行計畫又當眞實行，我已不大記得。

或許我們想吃托斯卡尼地區秋冬之交的美食吧。

蕈菇，栗子，熟成的豬肉，剛榨的橄欖油，以及濃郁肥腴的燉菜。

那些東西的確太好吃了。

尤其是用各家橄欖園現採的橄欖榨出來的特級初榨橄欖油，新鮮甘甜，美味得幾乎想大口牛飲。而且無論去任何酒吧或餐廳都會強調「這是今年第一批」，淋在普切塔（Bruschetta，托斯卡尼地區特有的淡味麵包放上番茄、大蒜及奧勒岡）免費招待我們。

品味各家和各處橄欖園的不同風味也是一樂，況且裝在家裡每年使用的那種粗糙空瓶子的感覺也很棒。

除此之外，也有裝在大桶子秤重販賣道地初榨橄欖油的店。天知道我有多想裝一大瓶帶回國。可惜最後還是只能買小瓶……。

不過話說回來，那個時節的托斯卡尼真的超冷。

一入夜，星星就璀璨發出冷光，儘管煤油爐開到最強，石造建築還是會不斷滲入冷空氣。

所以那次旅行期間我一直在想，「嗚嗚……好想趕快鑽進溫暖的房間被窩。」無論看到多麼美麗的風景都在嚷著：「好美，可是好冷！」而且途中還碰上冬季第一場狂風暴雨，房間浸水還停電，鬧得人仰馬翻。

一起旅行的夥伴之一JOJO果然受寒感冒，病得東倒西歪，最後真的病情嚴重到甚至提早回國。

不過，多半時候JOJO都會說「再往前走走看」、「那邊的教堂不知裡面是什麼樣子，過去看看吧」並且身體力行。我勸他天氣太冷還是算了吧，他卻說：「儘管當下很麻煩，事後回想肯定會慶幸當時去了。這就是JOJO的旅行法則。」

是嗎？區區一個教堂能有多大的不同。我雖然不以爲然還是跟上去了。

但他說的是眞的。

越到後來，寒冷的記憶越淡薄。

就像生產的疼痛一下子就忘個精光，只想著今後還要多生幾個。

異常亮麗的蔚藍晴空，無垠的橄欖園綠意盎然，老教堂的木雕基督像，冷得快結冰的禮拜堂內人們莊嚴歌頌的葛利果聖歌，暴風雨中躲在室內害怕地望著喀搭喀搭響的窗戶玻璃，在微弱的燈光中悄悄交談，與大量起司一起送來的現採蕈菇的濃烈色彩，由於太寒冷只好和好友們拿毯子裹成一團，或者和嫌棄出門太麻煩的哥兒們並肩眺望天窗上方的天空發呆，夜晚在無人的石板路上只有飯店的燈光兀然亮起的情景，在蒙特普齊亞諾（Montepulciano）城堡酒窖的小酒吧喝到的紅葡萄酒那種異樣的美味，掌管鄉村小鎮知名餐廳的怪咖女廚師的笑容，遼闊的溫泉冒出的白濛濛蒸氣，藏傳佛教僧院的靜謐，JOJO的朋友位於山上的家中簡樸的炭火廚房之美……。

彷彿打從一開始就沒有寒冷這個問題，全是美好的回憶。

甚至在旅行歸來後過得越久，就越感到更多美好。

從此，我就算碰上再怎麼困倦、麻煩、寒冷、炎熱或陡坡，都會先想起當時的回憶，決定再稍微努力一下。

而且我越發感到。

JOJO的旅行法則好像果眞是正確的。

高湯

去年冬天我得了兩次流感，鼻炎的細菌蔓延到耳朵引發中耳炎，還發起高燒。

說到那種疼痛簡直絕了，痛得就像是有人拿棍子戳進我的耳朵不停攪動腦漿。我眞的是痛到哭著去醫院。

之後每天量體溫出現的都是四十度或四十一度這種數字。

我天天懷疑這是不是眞的。

眞想給小時候企圖裝病逃學拼命搓體溫計的那個我看看。該發燒時就算什麼都不做也會發燒喔，妳還是死心地乖乖上學吧。

期間，我這樣的大吃貨居然吃什麼都味如嚼蠟眞是太慘了。

耳朵一直聽不見老是咕嘟咕嘟響，如果咀嚼什麼東西時就會傳來巨響非常難受。

所以吃東西變得很痛苦。

之後雖已完全康復，但體重一下子掉了五公斤。

現在的我認爲，當時的我肯定是不想聽見父親的死訊吧，而且大概想盡可能分擔父親的痛苦吧。

不過，也有才剛以爲總算康復了沒想到第二天又發高燒耳朵痛，眞的很想哭著說拜託饒了我吧。

最慘的是包括探望分別住院的父母姊姊在內，當時我最高紀錄一天要連跑四家醫院，我心想，在那種過程中不得流感才奇怪呢。

討厭咀嚼，因爲耳內轟隆響很吵。不想進食，因爲食不知味。

但天氣很冷，所以也不想吃水果。

那時我唯一能接受的就是湯。

起初拜託朋友的母親煮湯，吃到材料都切碎的豬肉味噌湯我才發覺。啊，這樣就可以進食。

而且不知爲什麼，根莖蔬菜類和味噌就能吸收！

我發現身體徹底接受高湯。

也是在那一刻，我才眞正理解烹飪家辰巳芳子女士出版湯品食譜的深刻意義。

因此，有一陣子我天天煮沒有材料的味噌湯喝。

稍微康復後，我還是得繼續天天去醫院探病。

父親的生命倒數計時的每一天，甚至令我覺得是人生最痛苦的時期。對於每次都替我開車陪我一起吃午餐的兼職司機小八，我一輩子都感激在心。

我在小八面前從沒哭過，但我想他很清楚我一直處於切身之痛。

和小八去醫院時總會順路去吃的那家拉麵店，很講究湯頭。

用了數量驚人的海帶及魚骨、貝類熬煮的湯頭，是我繼味噌湯之後真正能吸收營養的東西。我甚至覺得沒有麵條也行，只要給我喝湯就好。

拉麵店的大哥乍看凶惡，其實非常體貼。

對於獨自上門的學生，他也會像父親般殷殷垂詢。比方說：上次那個，後來怎樣了？噢，是喔，別洩氣。下次再來。

那種氛圍也溫暖了脆弱的我。

已經踏出校門就業的常客也經常光顧。

大家都笑著說，太想念老闆了，也想念這裡的拉麵。

我想，人果然追求身心兩方面的營養吧。

喝完麵湯，和大哥聊兩句，聽著他用溫柔的聲音感謝我們每次遠道光臨，我終於做好身心裝備足以面對瀕死的父親了。

現在的我已經什麼都能吃。無論是油膩的菜色、麵包或肉類。當時吃不下的炸豬排或義大利麵，現在完全沒問題。

不過，唯有對高湯的愛還保留。

我漸漸連以往慣用的市售高湯粉那種胺基酸調味料的味道都無法忍受，自己買了削柴魚的工具和柴魚塊回來。朋友來探望得流感的我時帶來的大塊海帶還有很多。也有常去的店裡的員工母親送的冬菇。

用那些材料煮出天天喝的味噌湯時，瞬間的幸福難以言喻。

無關美食家或挑食，那是確實做出與生命息息相關之物的幸福。

心電感應

回到故鄉高知縣的朋友，傳訊說要寄鰹魚半敲燒①給我。

最近鰹魚似乎不好捕，只有出海捕魚順利抓到鰹魚時，才會依序寄送半敲燒給事先預約的人。

「昨天出海沒收穫，因此漁貨要延期寄送。」水產公司打了幾次充滿歉意的電話來。

其中一次，已經回到東京的那位朋友正好在我眼前，這種鰹魚時差很好笑。

如今已是這樣的時代。我小時候隨便都能在家附近買到柴魚天天自己刨，

① 鰹魚半敲燒：高知縣名產，將鰹魚用乾稻草略烤過表面後，佯以蔥蒜等佐料再用刀背敲打。

但那種時代漸漸遠去，如今柴魚成了高級品。將來或許再也吃不到國產鰹魚。

還是趁現在好好品味吧……。

這麼思忖之際，漂亮的鰹魚送來了。雖然比預定晚了大約兩星期，但是沒什麼脂肪正是最佳食用期的新鮮鰹魚，還是讓我們一家人大快朵頤。

我不太確定剩下的魚尾部分該直接繼續吃還是該醃漬保存，於是發訊息問朋友：「昨天收到了，謝謝。今天晚上不在家吃。明天吃剩下的部分時，應該醃漬或油炸嗎？」

「應該還可以生吃吧？不過吃的時候要多放點柚子胡椒辣醬。」朋友如此回覆，但最後我們取消外出，所以當天就全部吃光，解決問題。我們把最後一點鰹魚徹底吃完，非常滿足。

當天晚上，我做了一個夢。

寄鰹魚的友人夫妻和我，不知怎地在六本木的公寓飯店一起過夜。

夢中我的房間有廚房，我在麵包機內放入摻有各種堅果非常紮實的麵團。之後大家一起出門工作，回來的時間比預期還晚，因此未能及時在事先設定麵包出爐的時間取出麵包。深夜大家餓著肚子回來，決定起碼先吃點麵包，但是取出一看，麵包放太久已被濕氣悶得扁塌。

我沮喪地翻冰箱，但清潔人員清理得一乾二淨什麼也沒有。我說我去附近深夜還在營業的超市買點東西你們等一下，然後就走出房間。

可是原先開設超市的地方都變成雜貨店，而且不是只賣果醬就是已經打烊，怎麼都找不到超市。我得去更遠的超市，但是那些餓慘的人還能等更久嗎……我正在慌張之際就醒了。

這個夢是什麼意思？我一邊思忖一邊起床，一看手機收到的訊息，是那個朋友十萬火急傳來訊息。

「抱歉！我算錯保存期限了。生吃恐怕有點危險。請立刻醃漬。我怕你們吃壞肚子。」

我回覆：

「昨天的外出計畫取消留在家中，所以已全部吃光。請放心。」

我這才恍然大悟。我沒通知朋友外出取消正要吃剩下的鰹魚，所以朋友以爲魚會在冰箱放到隔天，生吃可能有點危險。

朋友肯定是心頭七上八下一邊想著「怎麼辦，明天萬一生吃了可不得了。但是深夜也不方便打電話，還是先發訊息吧。老天保佑她一定要早點發現訊息，千萬別出事！」一邊就寢。

那個念頭飛越夜空，來到我的夢中。

中心思想就是「千萬不能吃那個，雖然努力設法，可是無能爲力，那就算了，可是總覺得有點喘不過氣，急著必須要做點什麼，傳達什麼」，那在我腦中自行轉譯，變成「沒時間可是想弄點食物」的夢境。

真的是無關緊要的心電感應，而且根本沒有正確傳達！雖然有點好笑，但我也因朋友與我的心靈相契感到小小的幸福。

發現恰好之處

我年輕剛開始出國時，不知怎地多半是去義大利工作。

那是比現在的義大利更老舊的義大利，當然有風俗習慣和規矩禮儀方面的差異，而且一般人也不通英語，治安也不佳，面對太多新事物，每次離開飯店房間或出去購物總是膽戰心驚。

那種新鮮的心情正是年輕特有，所以現在回想起來倒是很好的體驗。

那不是自己安排的旅行，是當地的事務局或出版社邀請，因此去的都是自己平常絕對不會住的高級飯店或地區，如今想來那顯然也是緊張的原因之一。

如果住在和自己平日生活水準相近的飯店，周遭商店和居民想必也在自己能夠理解的範圍，因此比較容易適應。

可是當時我被安排在和自己平日生活差距甚遠的舊城堡或昔日貴族的大宅，光是站在玄關大廳就格格不入很不自在，出去也摸不清狀況，以爲「這種場所應該有這種東西」卻什麼都找不到，心裡很忐忑。

選擇一種生活模式，也等於捨棄其他模式。

只要把自己明確放在「雖不富有但很享受生活，偏重藝術但並不凌亂」的位置，我想很多事都會輕鬆許多。

不知從何時起，（經歷這種痛苦經驗後）我對高級飯店與度假村徹底失去憧憬。進去一看全都千篇一律很無聊。頂多偶爾受邀時冷靜觀察成了最大的樂趣。

不過，在那種高級飯店中也夾雜著真正低調的好飯店，因此難以判斷。

我個人認爲那種不確定的感覺最好。如果有幸遇上那樣的地方，大手筆多花點錢也行。那種地方多半乍看之下樸素低調，乾淨整潔，房間也不會過大或過小，食材新鮮料理美味。

我個人經驗中最糟的，是看似高級卻虛有其表的旅館。價錢貴得嚇死人，態度卻很傲慢，服務完全不親切周到，房間不大不小，食物通常是廚房殺手做出來的。

與其在那種地方花大錢，還不如去提供新鮮生魚片的民宿。

旅行時總是拿捏箇中平衡，不斷在錯誤中嘗試找個好地方當成臨時據點，挑選旅館應該也是人生的小幸福之一吧。在那短暫期間希望能找個像住在自己家的地方。希望從那窗口看到的風景能夠永生難忘。如果身邊還有就算看走眼沒找到好旅館也能相視而笑的同伴，那就更愉快了。

羅馬有兩個例外的場所改變了我的判斷基準。

一個是位於羅馬萬神殿附近，一間不起眼的修道院遺跡改建的旅館。雖然清潔，但是非常小，中庭整理得相當隨便，並沒有什麼特別值得一提的長處，可是待在那裡就會心情靜謐，有種彷彿在冥想的安穩。

而且睡得非常好。

我出國住旅館很少能睡得好，在那裡卻能舒舒服服入眠，清清爽爽醒來。陽臺上繁花怒放，稍微走幾步路就有能夠喝到羅馬最美味濃縮咖啡的小咖啡館（Tazza d'oro）。

想必是因爲以前當作修道院時有虔誠的人們安靜生活吧。那種氛圍還在。

另一個深得我心的，不是旅館，是FENDI家族的女兒，友人瑪麗亞・德雷莎新婚時住過的房子。

基於家庭背景本該選擇華美的豪宅，他們卻買下面向知名廣場的細長形小房子。樓梯兩側是品味奇佳裝潢內斂的房間，從窗口可以看見美麗的廣場與羅馬的街道。廚房也不大不小，不老舊也不過於摩登的便利設備一應俱全。

雖是平凡無奇的房子，卻很有活力，也很通風，物品的品質一流，洋溢滿足的氣氛和藝術的心。

在小陽臺喝著雞尾酒，我心想，「原來如此，他們判斷如果要住在都市，乾脆住這種地方更好。」對他們從眾多選項中挑出那一處的出眾品味深表嘆服。去那種地方，好像學到了某種重要的東西。

高貴的人

我身為女性好像決定性地少了點什麼。

打從以前就隱約有這種感覺。

因為當我和男人單獨用餐時，對方經常明顯表露出「這樣沒搞頭」的氛圍。沒有絲毫暗示也沒有什麼小鹿亂撞。

我單身時，不會和沒興趣的異性去吃飯。有了男友時雖然會和任何人輕鬆見面，可是完全沒那種意思，所以我甚至覺得很輕鬆。

難以相信這世上居然有人不是這樣。

我並非沒有性欲，也不是討厭戀愛，更不是喜歡女人。

只不過是心裡總覺得，已經有固定對象也生過孩子了，幹嘛還得為男人煩惱。

唉，好想乾脆去找山田詠美老師和安部讓二老師傾吐，讓二位狠狠說一頓。不過，就算山田老師罵我「妳這個故作純眞的白蓮花！就是有妳這種女人」，我也只會爲山田老師心動。

無法加入周遭眾人的戀愛話題每每讓我很惆悵。

因爲對於所有的戀愛煩惱，我的答覆只有一個。

「男女截然不同所以沒辦法。如果是一家人自然另當別論，但關於戀愛，如果不意識到彼此的差異會很難相處，尤其是自己愛對方比較多時更是如此。有人一起去遊樂園很愉快，有人適合一起去泡溫泉，也有人一起看電影更投合，就算是姊妹淘之間不也各有差異？爲什麼談戀愛就無法那樣劃分清楚？男人幾乎都不想陪女人去逛街吃飯傳簡訊聊八卦。不能期待男人像好姊妹那樣。各自在不同的世界偶爾碰個面才是最好的。」

不過，我這樣的建議太直白了，得到的評價不高。

大家想必還是寧可懷抱夢想吧。

而且男人對女人大概寧可一輩子都抱著夢想。

那樣當然會有誤解，也自然會產生戲劇化情節。

像我這樣清心寡欲的人到了中年越發放飛自我簡直快上天。

想吃什麼就吃到肥，每天愉快但不勤快，拖拖拉拉不乾不脆地四處走。

在那樣散步的途中，偶爾會遇到非常爽朗的人。

年紀大概三十五左右吧，簡直像我小時候那個年代的三十幾歲人，規矩有禮又爽朗。服裝也很端正，偶爾穿T恤就會休閒得令人瞠目。有時也會穿白背心。

髮型通常是清爽的短髮，家教良好甚至優雅古典地令人懷疑到底是哪個時代的人物，五官也很高貴，像王子一樣。

上次經過他家門前，只見他一手拿著園藝剪說，「您喜歡吃柚子嗎？我正在摘柚子。」從他家院子的柚子樹上摘了兩顆柚子給我。

最近沒看到他每次帶著的狗，我忍不住問：

「狗狗該不會是死掉了？最近都沒看見。」

「很遺憾，日前已往生。我很想念牠，所以把牠的照片設定成手機的桌布。」他說。

往生……用往生來形容小狗死掉，眞是太有氣質了（笑）！

我根據他那種高貴風範私下替他取了王子殿下這個綽號，但我並不清楚他是做什麼的。我想一定是公家機關之類的正經工作。

雖然扯了這麼多，但我並未愛上王子殿下。只是希望他能健康幸福，因爲他是本地的瑰寶。

我對丈夫說，「今天見到王子殿下有打招呼，眞是太幸運了。」他只是笑嘻嘻說聲「是嗎」，我忍不住問，「你吃醋了？」「不，一點也沒有，因爲那個人眞的是王子殿下。」丈夫說。嗯……

只要看見清新颯爽的他，我就能稍微理解中老年男人對附近年輕貌美女孩的仰慕之情。

心裡只會想：怎樣都好總之請你努力綻放光芒，並且幸福地結婚建立美滿家庭，偶爾擦身而過讓我欣賞一眼就好。

已經搞不清自己這究竟是男是女是幾歲的想法！

後來，假日我也經常和我家兒子一起散步，但是偶然和王子殿下錯身而過後，兒子立刻大聲說：

「媽媽，太好了！妳見到王子殿下了！現在開心吧？見到王子大人很開心？」

拜託別鬧了。

打盹

打盹的幸福，我想就在於沒有被人說「來吧，放心大膽地盡量睡沒關係」。稍微瞇一下吧，啊，可是現在睡著就糟了，ZZZ……。

這種感覺和偷吃兩口一樣，令人上癮。

日前，我要好的朋友開車，從大分縣的日田走高速公路去博多的千代。我怕她開車睡著，從後座不停找話題跟她說話。

那是我們的九州三日遊最後一天。

我們接下來要去博多吃餃子，然後搭飛機，就此結束旅行。那種離情籠罩我倆。

雖然約好了回到東京立刻又會碰面，但她平時定居夏威夷，不可能經常見面。如今有通信方式，也常傳訊息，所以並沒有相距千里之感。然而，稍微伸手並可碰觸到對方的溫暖，還可以一起泡溫泉，分享同一個盤子的食物……這些都暫時不可能了。

不不不，我不寂寞，不是還有餃子宴嗎？我如此揮開離情依依。

越到傍晚，越能看見美得匪夷所思的陽光照在九州群山上。那神聖的光輝連綿，我們不知讚嘆了多少次好美好美。

在我跟她聊的各種話題中，也提到歐胡島的不動產情況。欸，現在租房子大概多少錢？之前妳住在可以看海的小丘上，那房子貴嗎？我們都認識的某人住在那山上是否更便宜？夏威夷有新蓋好的房子嗎？或者都是舊房子重新裝潢後出售？

我當然不打算買，因爲歐胡島是小島所以土地非常昂貴，以我微薄的預算恐怕只買得起交通很不方便或很危險的地區。但是聽朋友談當地種種還是很有樂趣。

越聽好像就越能看見我所不知道的夏威夷，因此我聽得津津有味。

山上的朋友住的那一帶離城市不遠卻很便宜。因爲坡道陡峭且地方不好找。不過入夜後恐怕相當可怕……每次都是白天去玩，所以覺得那地方綠意盎然很不錯，可是入夜後就有點太黑了。

聽著她這樣敘述，我小小打了個盹。

夢中有她的聲音響起，我夢見夏威夷森林的潮濕感和鳥鳴聲。

多麼迷人的美景啊，但人類要居住的地方不能只靠美景，搞不好會漏雨，道路泥濘，而且如果眞的在森林中，連電力都沒有，還得從距離最近的電線牽線過來……。

我在夢中如此思考，驀然醒來才發現她明知我在打盹，依然在繼續訴說。

我感到，剛才打盹，眞的好幸福啊。

然後就想起。

母親生前並不是那種會拖著纖細的身子辛苦伺候家人的人，唯有一點，如果小孩躺在沙發或榻榻米上打盹，她就會說：

「不拿東西蓋著的話會著涼。」

然後親自拿毯子來替我們蓋上。

管妳是淋成落湯雞回家，或是洗完頭披著半濕不乾的頭髮四處打轉，還是發高燒，總之她對一般事情都不怎麼在意，不知何故唯獨很堅持那點。

有了外孫後也一樣。我兒子露出肚臍、披頭散髮或者冬天穿短袖她都完全不在意，唯獨躺在沙發上打盹時，她就算已經不能走路了也會使喚我：「妳瞧，快去給他蓋個東西，毛巾也行。」

我從以前就很擅長打盹，離家自立後也經常在老家的沙發上睡覺。於是母親就會不知從哪找出毯子替我蓋上。我滿懷幸福地繼續裝睡，結果眞的睡著了。

軟綿綿的毯子蓋在肚子上，那塊地方特別溫暖，我想我一輩子都忘不了那種感覺。

冷熱之間

夏天太熱，如果在移動的過程中車子裡的冷氣太強，腳踝就會發冷，感覺有點痛。

那和嚴冬靠近電熱器就會感到背上發熱一樣，我想是身體的感覺直接連結到兒時記憶。

長大之後明明已經沒再想這麼多，身體卻老實記住了。

身體彷彿在問：「那個到哪去了？眞的無法再體驗了？」似乎隱約還在等待那種強烈的刺激。

當今時代「絕對不能受涼」是主流，如果就健康的角度來看，那的確是眞的。

我注重飲食且規律運動，也治療了手腳發冷的毛病，但最嚴重的時候冬天還會把腳伸出被子睡覺。不是因爲腳發熱。手腳發冷的毛病嚴重的人，因爲太冷了什麼都感覺不到，似乎是爲了消除違和感才變成這樣。

腳太冷，只好動員熱水袋或襪子等種種道具，但我記得當時即便如此腳還是暖不起來。

現在血液循環略有改善的我如果那樣做，一定會熱得像燙傷一樣從被窩爬出來吧。

不管多大年紀還是可以改善。

不過！

我最近發現，對於戶外氣溫極端的季節的幸福回憶，其實相當大的程度與溫差大小有關。

基本上我覺得那應該和我從小就年年去伊豆，長時間游泳，游累了上岸，躺在滾燙的沙子上呼呼大睡有關。

睡到滿身大汗就再次下水，然後上岸曬到發乾。回到旅館後，累歪歪地泡進熱溫泉，一口氣喝光顏色看起來就有害健康的冰凍咖啡牛奶或汽水，一頭在冷氣機正前方倒下就這麼睡著……光是現在寫著都覺得不健康到心驚肉跳的地步，不過心底也有個念頭想，偶爾一次應該還好？

父母老邁多病相繼過世的這幾年如果不那樣做，好像就提不起精神。整個人懶洋洋的，好像失去那股氣勢。

身體彷彿在說「今年還沒有體驗什麼大事呢」。

像那樣，理智上當然知道不好，卻似乎有某種能夠喚醒本能的喜悅過程。

這種情形如果換成冬天，大概就像是窩在暖桌看電視不知不覺睡著，睡得比想像中還久還熟，醒來時喉嚨乾渴渾身無力……

就是那種搖搖晃晃從桌下爬出來喝水，好半天都只能發呆的感覺。

沒人會建議睡在暖桌底下，就是因爲人人都知道那種渾身無力的滋味。

不過，剛要入睡時的那種誘惑之甜美……！就算努力試著想「不不不，睡暖桌對身體不好，還是趕緊起來刷牙上床蓋被子睡吧」，也絕對做不到。冷颼颼的室內，被子肯定也是冰涼的，所以根本不想去那種地方睡覺。

安全舒適的環境增加，也代表這種極端的溫差會從世間消失。在我出生的年代，電扇早已非主流，火盆和地爐，還有放在煤油爐上燒水的水壺也都逐漸消失。

小孩把手伸進電扇的扇葉之間夾傷手，使用煤球導致一氧化碳中毒，被熱開水燙傷……伴隨那些風險的他們所帶來的幸福，我的身體已經不熟悉。

空調，地熱系統，ＩＨ調理爐……這些東西如今已成理所當然，這一代的人將來對日本到底會懷念什麼？他們的身體會對什麼感到思念？

我一邊這麼想，忍不住告誡身體偶爾也要體會一下極度溫差。那樣可以讓身體更強壯，最重要的是令人懷念。

菜籃

父親年輕時在戶外拍攝的照片，多半都是拎著菜籃走路。就是卡通《海螺小姐》中常見的露出一截大蔥的樸素籃子。

小時候，傍晚經常跟父親去谷中銀座買菜。我自己也拎著一個小籃子，目不轉睛地看著父親買熟食小菜。

除了或炒或煮的蔬菜與肉類之外，配菜多半是谷中銀座商店街的熟食店或肉店的可樂餅或雞肉丸子，所以我心目中的「媽媽的味道」，就是「谷中銀座的商店味道」。

商店街中央有歷史悠久的茶行，店內總有機器運轉製作煎茶，炒茶葉的芳香成了我心中傍晚的幸福回憶。

如今想來，父親大概是整天坐著工作，傍晚出門透透氣順便運動一下才會自己去買菜。小時候我不懂他那種想法，只是奇怪父親幹嘛要特地步行到那麼遠的地方。

傍晚工作告一段落，理直氣壯走出家門暫時享受自由，對父親而言想必是一種幸福。

由於沒什麼時間，買了太多沉重的蔬菜時，我記得我們就會搭計程車回家，不過通常還是從千駄木的家走下坡，漫步三十分鐘的路程往返谷中銀座。

父親忙碌時就在家附近的「大銀超市」或「大谷肉店」買可樂餅或薯條打發。這家「大谷肉店」還在，無論是肉類或熟食小菜都水準很高，調味很厲害，所以現在偶爾還是會突然犯饞，就特地去買這家的可樂餅。谷中銀座的名產炸肉餅我也很愛，不過最懷念的味道或許還是常和同學在這家買來邊走邊吃的可樂餅。

我現在會利用宅配買菜。像父親那樣天天出門買菜太辛苦了，什麼都能送到家多好啊。有很長的時間我都這麼想。

可是，自從在家附近租了事務所有了空閒，而且小孩也出生後，除了平時吃的蔬菜和牛奶之外就不再訂購，改成自己去買不足的食材。因爲那樣更省事。

現在住的下北澤也變化頗大。

我剛搬來時還有米店和肉店，但是現在都變成服裝店和手機店了。倒是多了兩家新開的大型超市。

只要哄兒子說「你陪媽媽去買菜，我買零食給你」，他就會乖乖跟我去買菜。和小孩一起穿過傍晚熱鬧的商店街，當時父親的心情與自己的心情重疊。拎著在峇厘島買的菜籃，籃中只有錢包和手機，踩著涼鞋與小孩步行的自己，簡直和父親當日的模樣無異。而且感到同樣的幸福。

雖然晚上還得工作，但是暫告一段落的心情輕鬆愉快。問小孩想吃什麼，然後臨機應變地買菜很像玩拼圖，可以讓整天專注工作的腦子暫時轉換心情。

我和父親一樣只會做固定幾樣菜或是炒菜、燉煮，所以買菜沒什麼挑戰性。但就算那樣也好。只是漫步街頭盡量挑選看似新鮮的食材，讓小孩幫忙拎一點東西，買點零食或冰淇淋給他當獎勵，然後又沿著原路回家是最好的。

正如以前的我，將來小孩想必也不會再跟我去買菜吧。

就連現在他偶爾都會說，「我要打電玩所以留在家裡，妳自己去。」

他整天跟在我屁股後頭的幼年時代正逐漸結束。

然而，在夕陽餘暉中和小孩走在路上，我驀然想。

我如果明確地說，「今天要買的東西多，而且買完我想去喝杯咖啡，我不想一個人去，你陪我去好不好？」我家小孩或許很不情願，但是只要拿他想要的電玩遊戲或零用錢當誘餌，他肯定還是會陪我一起走路直到某個年紀。

以前我很希望父親偶爾也能對我這麼說。那我就算已經上國中甚至上高中，還是會繼續陪他去。想必父親應該也有那樣想過，爲何沒有對我說出口呢？我喃喃對在天堂的父親說，當父親的人就是笨拙。

等待的時間

我從以前就常在散文提及，有些讀者或許已看過好幾遍實在抱歉，但是出門旅行四處看風景或是出席華麗宴會、逛街購物……這種回憶當然會強烈銘記心頭，但不知怎地印象最深刻最能讓我感到幸福的回憶，往往是無關緊要的時間。

得到義大利文藝獎「卡布里」獎時，我受邀去卡布里島，明明看到許多美得匪夷所思的風景，可是回想起來印象最深刻的，卻是每天無所事事閒得沒事幹時，就去飯店隔壁美味的冰淇淋小店。

那裡有手工做的溫熱蛋捲殼，還有每天變換種類的美味冰淇淋，我每天都要吃兩次。

而且，既然難得有此機會，本來該去可以看見漂亮山崖的路上邊散步邊吃，不知怎地我卻靠在冰淇淋店前骯髒的牆邊，望著來往穿梭的麗人們默默吃冰……不知爲何那成了腦海最鮮明的回憶。

今天的行程要幹嘛來著？幾點得換衣服？和平日作息不同，時間太多，讓我有點恍惚放空，但晚間要見各方人士應該很忙。可是現在就是很無聊。那種打發時間的方式我已遺忘許久。

靠著牆吃冰淇淋？隨便在日本的下北澤或三軒茶屋應該都能做到這種事吧？我自己也這麼覺得，但那種炎熱倦怠感，以及渡假區的人們獨特的氛圍，當地物價異樣昂貴，所以簡直是以不可思議的價格夢幻般漂亮陳列在櫥窗的冰淇淋店，還有蔚藍天空的色調，一切都令人印象深刻。

在遙遠的異國他鄉做這麼尋常的事，這點也很不可思議。以前去過卡布里兩次都是當日來回，但當時只把那裡視爲漂亮的觀光區。

這個島上的人們也有自己的生活，也有每天的尋常營生。但我之前沒時間待在島上去慢慢體會這些。

或許純粹只是「時間貧乏症」。

日前，我去久留米做體檢。

久留米某家內科醫院有我丈夫尊敬的醫生，因此去拜訪時順便檢查身體。結果當然是夫妻倆都有這年紀該有的毛病，成績慘淡，受到健康方面的嚴格指導，同時也在醫院做了三天各種檢查。

每晚享受醫生推薦的久留米美食，一家三口住在算是好一點的商業旅館，每天去醫院報到。

我眞的很討厭醫院，而且任何檢查都令人毛骨悚然。連電腦斷層掃描我都很害怕很排斥，也討厭排隊苦等許久。

可是不知爲何，坐在那老舊醫院的小沙發上，感受窗口吹入的微風等待檢查，竟讓我感到幸福。

如果沒緣分，想必不可能來到久留米的內科醫院。

看起來令人懷念的街景，氣氛悠哉的護理師及醫生。

我們雖非非常健康，但生死各有期，想必今後也會一直和家人共度各種時期。那種平凡的幸福氣息，在漫長的等待時光中緩緩流過。

久留米溫煦的天光洋溢室內，我們各自用自己的平板電腦看自己想看的，或者回覆訊息，懶散地度過。

還有大約一小時閒暇。九州的陽光看似炎熱無法出外散步。檢查不知輪到幾號了？差不多該去上個廁所了。今天的午餐說好要和醫生一起吃，不知醫生娘會不會來——這種對話在忙碌的東京生活少有機會。

檢查大致結束也聽過診斷後，丈夫要給醫生做一小時的筋膜按摩（調整身體的方法之一。丈夫是那方面的專家），於是我和孩子立刻鑽上計程車，直接去醫生推薦的附近的久留米拉麵知名老店，吃完拉麵又回到醫院。

「這麼快就回來了？」醫生一臉驚訝，然後笑咪咪。如果看病和醫生打交道都能這麼平和，人的生死或許也能不那麼沉重吧。

最後離開醫院時我甚至有點依依不捨。每天來這裡，只考慮身體狀況，爲之緊張或嚴肅，如今想來格外懷念。最重要的是，那段等待時光的無聊，也成了全家人無可取代的珍貴回憶。

男生女生

我有一個兒子，其實還想再生個女兒，但今後人生顯然不可能實現這個願望，因此關於女兒的敘述純屬推測。

我常聽說當媽媽的偏愛兒子，對女兒不會像對兒子那樣露骨地表現母愛，據說那是因爲異性相吸同性相斥。

我非常能夠理解。

和兒子手牽手走在路上，比過去任何約會都輕鬆快樂，可以切實感到自己被深愛著。

我感覺那些回憶想必就算在他長大後也會留下一定的影響。當他每次求助或發話時，肯定會想起小時候我們母子每天形影不離的回憶吧。

或許潛意識裡也橫亙著那種東西，但在自覺範圍內的並非世間所謂的性意識，而是「住在同一個窩裡的生物」的意識。

嬰幼兒眞的很神奇。

那樣脆弱無助動輒生病受傷，可是只要待在家裡不知怎地就好像是這世上最可靠的存在。他們的能量就是有那麼大。

雖然別人也常批評我「總是喜歡把人和狗相提並論」，但我還是忍不住這麼想。

現在，我家養了狗兒子和狗奶奶。

狗奶奶當然也不可能從小就是老奶奶，是從小寶寶一路養大到現在，所以感覺上就像我的女兒。

當我身體不適臥床休養時，狗奶奶總是悄悄來到我腳邊，溫暖地陪我一起睡。我向牠道謝，牠就像要說「甭客氣」般神情淡定，我撫摸牠，牠也會擺出

「免了吧」的態度逕自走掉。

但牠總是看著我，眼神彷彿在說「我都懂喔」。

狗兒子年輕好動，特別喜歡媽媽，如果我只顧著哄狗奶奶，牠就會吃醋汪汪叫，立刻跟過來舔我的臉，或是露肚皮撒嬌，如果我不舒服就會到我膝上安慰我，的確是很可愛。

「如果你沒有來我家，沒有你的天真無邪撫慰我，我想我恐怕無法承受爸媽死後的寂寞。雖然不願相信除非發生意外否則你會比我先上天堂，但我還是希望你盡量長壽健康地陪伴我過日子。」

我總是這麼對狗兒子說。

但牠才不管那些，逕自露出肚子，於是我抱起牠或是長時間撫摸牠，丟球陪牠玩。

狗奶奶默默看著這些，雖然八成在吃醋，但牠似乎覺得拿我沒轍，可以感到牠也深深愛著我。

我眞的很愛狗奶奶那種樣子。和男生黏糊糊表達愛意的方式不同，牠的示愛方式低調又隱晦，但我總是誠心期盼狗奶奶長命百歲，很想告訴牠，牠的心意我都明白，我也很愛牠喔。我想我這種心情應該在靜默中傳達給牠了。

說不定，人類的女孩子也是如此吧。

我對母親的思念或許就類似這樣。

所以除非八字眞的不合，一般而言小孩不是哪個可愛的問題，只不過是性別不同表達的方式有異，其實都一樣可愛。

人類有語言，才會把事情搞得複雜。

狗不會說話，用不著把人類的想法硬生生投影到牠們身上，只要默默凝視牠們，有些事情自然可以理解。

如果人類彼此也能這樣率直地理解最根本的問題，單純地互相肯定，不知該有多麼輕鬆。

雖然很難，但我還是想向狗學習。

更近一點

父母過世時，我信賴的兩個朋友對我說過同樣的話。

「現在想必眞的很難過，但有一天，妳會明白往生者與自己其實是一同活著。妳會切實感受到他們就在這裡。近似於在自己的體內。然後就能眞正接受他們的離去，雖然從此天人永隔的思念不可能消失，但感覺不是回憶而是此刻就在這裡，與妳同在，所以漸漸會不再寂寞。時間過得越久，越會憑直覺感到彼此同生共存。」

那兩人彼此當然不認識，我也沒把一方說的話告訴過另一方。

兩人突然在不同的情況下用同樣的話勸我，甚至令我有點驚愕。

當時我還深陷在痛失父母的打擊中，因此我以爲：

「對方的意思是說，當我回想時，父母的身影永遠在自己心中嗎？」

然而，二人的說法之中有某種不一樣的東西。

那是一種無法用言詞形容，但總之就是「應該這樣才對啦！」的急躁氛圍。

於是我多多少少領會「這肯定是只有眞正體驗過才明白的感覺」，就此藏進心中。

如今每次回老家，只感到父母的離世。

偶爾我會試著走過父親昔日走過的廊下。好像能體會父親的心情，而且那裡似乎已沁染父親的風貌。我倒茶放在供桌前。回想每次我泡了好茶，父親就很開心的模樣。

我也會去看母親的床。母親彷彿還躺在那裡，現在似乎還能見到。我坐在床邊，像以前一樣度過時光。如果開口說話好像還會有人回答我。

但那裡有的只是寂寞。不斷淡去的身影，只會讓人爲時光的流逝傷感。

然而我想，這樣好像和那兩個朋友的說法有點不同。

機緣巧合，我偶然造訪昔日與父母常住的西伊豆旅館。父母行動不便後就再也沒去過，因此已睽違五年之久。

本來心情應該更落寞才對。

我從小學的時候就住那家旅館，一如當時的房間、走廊和廁所都還在。我還記得幼年時那家旅館剛開幕，第一次被帶進那間後來我們每次都會住的家庭式大房的情景。

如今已老舊的桌子，當時還是閃亮亮的新品。父母喝著茶閒適休息，姊姊和我吃零食。在那個年代，出門旅行的日本人還會穿上西裝盛裝出場。

那裡蘊藏我們一家人最健康最快樂的時代種種回憶，光是想起都讓我心痛，因此我以爲去了只會更難過。

然而，並非如此。

那是土地的力量還是回憶的深厚底蘊，我完全不知道。

一抵達就感受到青山、碧海、溫泉以及旅館，及旅館全體員工的熱情歡迎。與之相伴的，是父母年輕時的身影，彷彿也一起面帶微笑為之歡喜的感覺湧上心頭。

而且那不是在我頭上也不是在身旁，是打從內心深處湧現父母出現的氣息。我得以確信，父母都很高興能夠再次來到此地。

那不是我悲傷回憶中的父母。是與我共生的父母魂魄，正在對我傳達此刻的喜悅。那種感覺只能如此形容。

那不是我想太多，也不是我太期盼如此才產生幻覺，是身體眞切感受。

啊，原來如此，那兩位朋友說的就是這個啊。

我終於眞正理解了。

如果這種時間今後不斷增加，那將是過去的我未知的陌生。如果那是到這個年紀才會理解，一般人都能感受只不過無法用言語貼切形容的感覺，那我認爲很好。原來時光之中早已準備了許多救贖。

大而化之

我和這個年紀的歐巴桑一樣熱愛韓流，經常去韓國。

和韓國的出版社開會或舉辦簽名會時，雖然擺出有模有樣的作家姿態，但是只要一走到街上，我立刻變成普通的追星族！

我滿懷興奮地大呼小叫：「那齣連續劇中就有出現這棟大樓！」「那一幕肯定是在這家店拍攝的！」

和姊妹淘沿路四處喝米酒，評比各種知名小吃也是一樂。

和同樣走在明洞街頭一臉開心地吃著韓式熱狗的中年女性錯身而過時，我心想，雖說韓流熱潮已經過去，但顯然還是很有活力嘛。

不是因為這是出國旅行，在韓國的日本歐巴桑包括我自己在內，是真的特別生氣蓬勃。

我甚至忍不住想，妳們在日本時好歹也露個那種笑臉嘛。

不過，或許只有在韓國的某種極端氣候和氛圍中才能出現那種笑臉。幾乎凍成冰棍的寒冷，無法在戶外行走的酷熱。遠處的青山，蔚藍如洗的晴空。我深深感嘆，那種風土環境想必眞的很適合打造戀愛體質吧。

日本以外的亞洲各國的百貨公司，我認爲最大的特徵就是無論如何花俏招搖，客人都不會覺得難爲情。

日本的百貨公司，就算是感覺很華麗的地方，店員也很內斂。姿態很低地悄聲招呼顧客。顧客也是，不管穿著多麼正式的衣服和鞋子，多半都是抱著有點超出設定很不好意思的飄忽心情四處張望。

但是去泰國、臺灣、韓國及香港的高級百貨公司，在那種「這麼花俏招搖眞的沒關係嗎」的地方，精選出來的一流店員舉手投足都像站在舞臺上。顧客也無關服裝或年齡，態度理直氣壯。

那種氣勢起初讓我有點膽怯，但再仔細一看，也有很多單價並沒有那麼貴的商品，習慣那種氛圍後就會覺得，「我就是來百貨公司享受這種有錢人滋味的，所以沒關係。」

化妝品也毫不妥協地按照年齡區分。我中意的品牌是針對中老年人比較昂貴的牌子。正好要用完時又要去韓國，因此幸運地沒有斷貨。

在我每次去的賣場，或許是因爲日本客人很多，必然會有一名會講日語的店員。

我已習慣日本的化妝品店，我以爲首先必須取出顧客卡，或是現場體驗檢測膚質，或者聽取新產品的說明，但該怎麼說呢，明明是高級專櫃，和日本比起來卻很隨興。與其說隨便，感覺更像是沖繩方言所謂的「大而化之」。

店內有帥哥美女出來接待，可是一旦開口說話就讓人想笑。

不妨參照我上次去的時候的對話。

我：「我想買平時慣用的粉底，要那種可以服貼沾在粉撲上的比較深的顏色。」

年輕帥哥店員：「噢，那個啊。那個已經換包裝了，很遺憾之前的容器不能再使用。必須同時購買新的容器和內容物。」

我：「沒辦法，那就這麼辦吧。」

帥哥：「包裝設計變得更酷了，我覺得很棒喔。不過內容完全一樣。換湯不換藥沒意義嘛！不過您肯購買，我特別送個化妝包。」

我（內心覺得此人的日語有點怪怪的）：「謝謝，另外，我還想買ＢＢ霜。如果有的話，還要防曬的粉。」

帥哥：「那個在這邊。光是這個就已經有防曬作用了，所以這個可以不用買。」

我（內心回嗆：不要擅自替我做決定！）：「不，沒關係沒關係，這個是要送給我姊姊的，所以我兩樣都要買。」

帥哥：「這樣啊，那就這兩種。兩種都買的話，另外再特別送兩個這種試用品。」

我：「感覺好像已經一點都不特別了，不過還是謝謝你。」

帥哥：「平常不會送兩個，所以這是特別優惠喔。另外再贈送本店的貴賓卡一張，下次您來時也會給您特別優惠。」

我：「謝謝。」

我說要買的東西，店家卻叫我不用買沒關係。我想這種情形也很少見吧，同時對這種日本看不到的隨興以及替顧客著想的態度也有點開心，有種「和人說話了！」的感受，帶著小小的幸福感走出化妝品店。

拋頭露面的工作

從小我就看著父親在公眾面前說話。我總是想，「哇，感覺超笨拙的！」但我從不覺得丟臉。

父親習慣滔滔不絕地反覆強調他想表達的意見（這點也完全遺傳給姊姊與我），同樣的話他總是要講好幾遍，但其中洋溢的「想傳達」的熱切莫名打動人心，的確多聽幾次後就會漸漸理解。

父親在演講的前一晚會用壁報紙黏在一起，做成同樣給人感覺很笨拙的長紙，寫上只有父親看得懂的目次拿去演講會場。沒有可以替他把紙張好好黏貼的助理，也無心寫得更淺顯易懂，他只是一心想把自己的發現告訴大家，讓我莫名的感動。

父親最後一次演講，激動得幾乎無人可以阻止。

他坐著輪椅，失明的眼睛凝視唯一看得見的燈光，同樣的話一再重複的模樣也遭到批判，但在我看來卻格外神聖。

想傳達給人的那股熱情，或許就是畢生推動父親前進的動力。

基本上我本就不太喜歡公開露面。

大家笑嘻嘻地看著我，我就會很愧疚：「對不起，其實我並沒有什麼特別要說的。」在學校上課時我就很討厭一直坐著發呆，當時的心理陰影讓我後來都無法坐太久，所以更不忍心讓別人坐著聽我說話。

因此，我一直盡量避免那種工作。

看到應景地穿上正式服裝，化了妝，有點緊張的自己，有時也會想嗆一句：「妳又不是藝人，這是搞什麼！」

此外，我既不是模特兒也不是女明星，動不動就被批評我的外貌和穿衣品味也讓我很火大。我每次都想，老娘可不是靠外表混飯吃！現在當然也這麼想。

父親過世那天，我在香港穿著華麗的禮服站在眾人面前。

我的工作就像吸引眾人圍觀的熊貓似的很可笑，總之只是爲了站在大眾之前才受邀出席。我不停地擠出笑容，同時覺得完全體會藝人的心情。

即便如此，工作畢竟是工作。

許多人對我抱有期待，讚賞我過去的工作表現。

我當時覺得那根本不重要。豪華晚宴也索然無味。如果低頭恐怕會掉出眼淚，可我還是含笑與眾人交談，不停握手。

一邊那樣做，一邊客觀審視能夠勉強做到這點的自己，我下定決心。

「偏偏在這種時刻接到這樣的工作，肯定是命中注定這種事將會是我工作的一部分終生跟著我。那就坦然接受吧。」

從此，對這種拋頭露面的工作至少比過去稍微能夠接受了。

明明只是個盡情享受美食，穿著拖拖拉拉的寬鬆衣服，幸福肥的中年人，卻迫不得已開始稍微注意外表和社交場合的儀態舉止。

以前一起去吃飯時，見我開心地盡情大吃大喝，身爲「氣內臟」這種腹部按摩界第一把交椅的大內雅弘先生哭笑不得對我說：

「好歹處理一下妳肚子的贅肉好嗎，妳做的可是大家憧憬的職業。」

我自暴自棄地回答：

「反正又不是憧憬我的外表，嘖！」

不過，爲了避免在人生折返點看我小說的人撞見我，心想：「那是什麼服裝，還有那身贅肉！」我決定參加三鐵比賽（當然是假的！我只是太崇拜村上春樹老師，很想說說看而已！）稍微努力一下。

到了這個年紀，還能夠從事新領域的工作非常有意思，我想必也能從中發現什麼，學到什麼，因此也失去什麼（眞希望失去的只有贅肉，但顯然不可能），最重要的是我大概會把那些全部寫成小說。

我是小說家，這是最大的幸福。

唯獨這點不得不說是大幸福。

吃得快

我父親吃東西的速度超快。

像橘子那種東西他向來兩秒就能解決，晚餐不管有幾道菜，全部五分鐘掃光。西瓜的話一眨眼就啃掉一半，草莓一碗瞬間就能吃光。關於喝的也很厲害，無論任何飲料都能立刻喝光一瓶寶特瓶。

那樣難怪會得糖尿病……。

去懷石料理店與人對談時，盤子一送來父親就立刻吃光，之後只能默默等待，甚至令在場眾人都慌了手腳（這個傳說好像並不是太光榮）。

習慣他那種速度後，不知不覺我好像也被傳染了，直到在學校吃營養午餐或便當，或者參加社團活動集體外宿時，我才發現自己吃東西的速度快得異樣。因爲通常都得等大家吃完，所以才發現。

高中時，我的便當大到被稱爲「吉本的巨無霸便當」，可我卻以吃迷你便當的女同學的二倍速吃完，震驚全班男同學。

大家爲什麼吃得那麼慢……有時盯著看久了還招來女同學們不悅。自己顯得格格不入每每讓我有點寂寞，不過大學加入茶道社時，唯一一個可以和我用同樣速度吃完的靜香學姊讓我很安心。我倆敬陪末座，迅速吃完後就趁著大家吃飯的時間在旁邊聊天或泡茶，留下美好回憶。

不過，吃得快簡而言之也表示第一口就吃得快狠準。

有一天，我忽然發現自己在正常情況下也比旁人先朝盤子伸手。受邀作客時，我不動筷子就無法開始筵席那是沒法子，可是在家中也有這種傾向，連我自己都開始感到不大對勁了。

這件事，我是覺得或許有助於各位讀者減肥才強忍羞恥寫出來，不過我的吃飯速度快雖說眞的是無心之舉，但自己做的飯菜自己迫不及待第一個伸手，客觀看來實在太丟臉。

於是，我從某一刻起開始留心盡量放慢速度下筷。

結果各位猜怎麼著，我居然瘦了一點。

原來如此，我早就隱約懷疑吃太快和肥胖有重大關聯，原來是這麼一回事

啊……我莫名地理解了。

只要能按捺起初那瞬間的衝動，之後就不會想狼吞虎嚥。

而且只要一開始不動筷，也不會再迅速吃完了。

人類的這種表現，該怎麼說呢，真是不可思議。

即便如此，想起吃得快的父親，我總會露出笑容。

全家去旅行時，多半在新幹線剛啓動時父親已經把便當吃完了。

父親一坐下，不管三七二十一就開始吃便當。

母親和姊姊還有我雖對他的速度瞠目，同樣也慢吞吞開動。

不過，我們的慢吞吞可能還是比一般人快就是了（笑）。

父親過世後，我心想自己必須繼承吉本家的傳統，決定努力在電車啓動前開始吃便當。

需要繼承的，是那個嗎!?

……雖然這麼想，但父親已無法再吃他最愛的便當，所以我想代替他迅速吃掉。我吃東西沒有父親那麼快，而且已經脫離吃飯競速界（？）成了叛徒，終究不可能迅速到車子還沒出發就吃完的地步。不過，好歹還是繼續維持一坐下來就立刻開動的傳統。

結果上次丈夫因工作獨自去京都時，對我說：

「少了一上新幹線立刻就在旁邊開始吃便當的妳，讓我感到很寂寞。」

對我的思念，居然是那個嗎!?

……雖然很想這麼吐槽，不過我還是很慶幸能夠繼承傳統。

將來有一天我死了，但願我兒子也能繼承。雖然沒什麼意義！

希望他會一邊想起我，一邊立刻打開便當，並且望著車窗外流逝的風景。

夜路

最近我在小說和散文中提到「和小孩夜裡手牽手走路」，校對者和讀者偶爾會來信指出：「『夜裡帶著小孩在外面走』這種描寫眞的OK嗎？」

我很感激大家的關心，卻也忍不住想，這世間眞是變得令人窒息啊。

在我小時候，周遭家庭各有各的問題，很多家庭的孩子都無法在正常的時段正常生活。

大家就是在那樣的環境下生產，育兒。

有人的母親晚上十點才會回來，之後就一起走路去外婆家洗澡再走路回家，唯有這段時間可以親子交流；也有人的母親經營酒家，小孩在吧檯睡著，附近的大叔總是拿西裝外套蓋在小孩身上；或者父親總是半夜三點才回家，實在很想見面時只能在星期六熬夜等候父親，類似這種誇張的故事很多。

但若說大家因此都長歪了？倒也沒有。

家家有本難念的經，大家各自接受父母在那種環境下竭力給予的關愛，規規矩矩長大成人。

我多半得工作到深夜，小孩上了小學開始帶便當的那段日子於我最痛苦。

因爲早上得先起床送孩子出門上學。

我多半在黎明時分結束工作，因此乾脆先把便當做好，小睡片刻，早上用微波爐加熱，再弄個味噌湯就可以搞定了。所以我做的煎蛋捲味道總是好像還沒完全睡醒。

由於每天都像時差調不過來，我覺得這簡直是人生監牢。

那一切現在已完全習慣，可以應付自如。

在那之前，小孩零歲到三歲的那段日子我如在天堂。

我肯定一輩子都忘不了那段日子的開闊心情。

或許是餵奶那段時間留下的影響，小孩很難一次睡足十個小時。他會在傍晚這種不上不下的時間睡一小時，然後撐到深夜一點才睡，或者早上睏的時候睡到十點才起來。

我觀察他那種不規律的生理時鐘，甚至覺得，人類還是按照身體本能去生活最好。

累的時候就盡量睡，想活動的時候就盡量動，身體會自行調整。我看到了成長期那樣強大的潛力。

某晚，友人原益美在附近辦現場演唱，結束後順道來我家小坐。

當時是晚間十一點，我兒子還沒睡。

在我家悠哉喝茶後，把老原送到可以搭計程車的地方。

老原和我兒子笑嘻嘻地手牽手走在夜路上。

老原說：「一輩子都別忘記我們曾經這樣深夜並肩走路喔。」

對喔，老原和我，如果沒意外的話應該會比這孩子先從世上消失……我仰望星空如此暗忖，不禁心頭一緊。

如今，我兒子十歲。

他似乎不大記得那天一起走過夜路的事了。

然而，我想當時那快樂的氛圍已烙印在他心扉。

日前我因工作外出，沒時間吃飯，深夜才回到家。那天是星期六因此小孩還沒睡。

鍋裡的味噌湯幾乎都喝光了，冰箱也不巧沒有冷凍的白飯，肚子空空的我試探著說，「小鬼，我現在要去『王將』吃餃子，你要不要一起去？」他說「想去」，於是我們母子一起出門。

我們叫了一人份的煎餃平分，我喝啤酒，小孩喝汽水。深夜的「王將」店內客滿，非常熱鬧。

「我超喜歡和媽媽晚上走路。感覺特別興奮刺激。」小孩說。

我心想，啊，那天老原餽贈的手中餘溫仍在這裡呢。

我就是對公橘貓沒轍

我中學時，我姊去京都念大學了。

對於正值青春易感期的我而言，那簡直是晴天霹靂。

比我大七歲的姊姊在我心中幾乎是小媽媽，她會幫我寫作業，騎腳踏車載我到處跑，替我解決煩惱，總之在我心目中是無所不能的支柱。

如今我深深明白。

姊姊那時也想從照顧幼妹的責任解脫，同時我也到了該獨立的時期，所以正好。

然而，當時的我每天以淚洗面。

不巧那時我和死黨分班，也和感情極好的初戀情人疏遠了，我不得不與新朋友們開拓自己的每一天。
母親體弱多病，父親也正與糖尿病對抗，他們忙自己的事都忙不過來了。我和父母的關係那時也算不上太好。
在那種時刻，過去我和姊姊同住的房間突然變得空蕩蕩。到了晚上父母都睡了，家裡一片死寂。不久前和姊姊愉快度過的這個時段，突然只剩下我孤零零一人。
我無暇歡喜。只覺得好寂寞，甚至不知該怎麼活下去。
可見當時還年幼的我被保護得多麼好，想必也被姊姊疼愛著。
就在那種時候，每天一到晚上，附近的貓老大便來我房間睡覺。
牠名叫蚤太，是一隻公的橘貓。
蚤太本來住在陽臺的箱子，但窗子一直開著，不知不覺就變成睡在我被子上。

被子弄髒讓母親大怒，但我很寂寞，很開心有蚤太來陪我。所以總是趁著黑夜偷偷放牠進房間。

我一直以為這隻貓只親近姊姊，所以很高興牠也願意親近我。當時，肯專心看著我一人的只有蚤太（這麼寫好像有點可悲）。

蚤太整天在外打架，總是弄得遍體鱗傷渾身是血，但我還是讓牠繼續睡我的被子。

有一天，蚤太頭上的傷口開始嚴重化膿。

當時沒有什麼像樣的動物醫院，我也沒錢帶牠去看病，只能自己給牠上藥、消毒，身為一個小孩我已盡力而為。

然而，蚤太還是漸漸衰弱。

雖然衰弱，卻沒放棄和我一起睡。

我到現在都記憶猶新。雖然牠是隻渾身傷痕又臭又髒的流浪貓，卻看似神明。夜裡當我在漆黑的房間醒來感到寂寞時，本來睡在旁邊的蚤太就會悄悄移到我胸口，對我發出呼嚕聲。

流浪貓絕對不會讓人看見死掉的那一刻。

逐漸年邁體衰的蚤太，想必會在某天再也不出現。我天天都在悲傷祈禱那一天不要來臨。

但意外的是，某個春夜，蚤太在陽臺的箱子裡嚥下最後一口氣。

牠直到最後一刻仍想與我共度，想保護我，所以牠來了。

此刻，走筆至此我已泫然欲泣。

當時我們的心情是如此純粹，甚至令我懷疑或許從不曾有人像動物那樣愛過我。

沒有語言交流，無關性別，種族也不同。

但我迄今仍認爲，我們確實相愛，彼此相依爲命。

我家房子是租的，還養了狗，平時就算看見路邊的棄貓也只會餵食，盡量視而不見，或者養得健康了就送給別人收養。

但唯有現在我家的橘貓小皮不同，當初看到小皮和兄弟姊妹一起被人扔在路邊，放了塊牌子寫著「請收養這些貓」時，我說什麼都想帶牠回家，遂和當時在場者分別領養了那些貓。我先把五隻中的兩隻帶回娘家。其中一隻我姊的朋友想要，當場被領養。長得醜的小皮沒人要。我姊說現在家裡已經太多貓了不能再養。我只好帶著小皮去東京車站迎接出差歸來的丈夫。丈夫很驚訝，但他喜歡貓，立刻同意「那就養養看吧」。

所以現在我和夢寐以求的公橘貓一同生活了。我就是拿橘貓沒轍。

回到最初

姊姊長年與父母同住負責照顧兩老，我則負責家中開銷及其他。我倆有各自拿手與不拿手的領域，有痛苦有艱辛，也有幸福。所以不管任何人怎麼說，我們平等地各自努力盡自己的職責。爲了盡量毫無遺憾地送走父母，我認爲我們奉獻了人生某段時期。

當然我們都是凡人，很軟弱，所以有時也會努力過度超乎自己能夠承受的限度，這種時候就盡情哭泣，大笑，憤怒，吵架再和好，總之發生過很多事。雖然一次又一次發誓再也不原諒對方，卻又態度尋常地互相和解，並肩走過。

至於過程，我想每個家庭大約都有大同小異的那種問題吧。當下拼命互嗆，事情過了就不再追究，不知不覺自然接受。

當我聽說姊姊在老家開始經營會員制的小店時，奇妙的是，我並未產生反感。

自己沒出錢當然是個重要原因，但另一方面也是因爲我希望她自由自在地盡情做她想做的。

不過，第一次看到改建工程時我還是受到一點打擊。

直到不久前還幾乎完整保持我童年記憶中模樣的客廳，已經徹底變貌。容量更深的流理臺水槽，廁所的雙重拉門，HOSHIZAKI 營業用大冰箱……全都煥然一新。正因爲剩下的舊東西不多，更突顯出變化之大。

不久前父親還坐過的桌椅，他用失明的雙眼勉強摸索的放調味料的地方，全都變了。

父親還能走路時，站著目送我離開的玄關樣子也截然不同了。

唉，明知時光飛逝，這是理所當然，只能接受。還是讓此刻活著的人爲此刻而利用更好。

然而失去了懷念的老家，當然也會有點徬徨。

我含著眼淚去後方放佛壇的房間，結果更吃驚了。

由於施工的關係，客廳的東西全都搬進這個房間，如今已凌亂得好像成了「男生宿舍」。

父母的佛壇旁有網架，上面掛著勺子盆子鍋子，旁邊有冰箱，矮桌上有稿子有調味料還有茶水，一旁是微波爐和卡式瓦斯爐，桌子底下塞滿文具用品和雜誌，衣架上掛滿姊姊的衣服。

姊姊把我帶來的熟食用微波爐加熱，在卡式爐上用平底鍋烤麵包。像露營一樣，似乎莫名地自得其樂。

那個樣子，和姊姊以前在京都獨居時的三坪房間一模一樣。

我看了之後心情突然回到此刻當下，甚至感到幸福。

姊姊爲了照顧老邁多病的父母累得身心俱疲，就某種角度而言甚至失去自我，然而曾幾何時她已恢復我所知道的國高中生時代那種閃亮的眼神。

我以爲再也見不到那樣的姊姊。莽撞，寶裡寶氣，熱愛冒險，可靠，大膽，卻又內向溫柔，在奇怪的地方特別豁得出去，遭到誤解受過傷害的怪咖姊姊。

她曾用學校倉庫剩餘的椅子自行打造房子，把桌子放在裡面看書、畫漫畫。

當時那生氣蓬勃的樣子，歷經數十年後終於回來了。

我想起往事。

唯有姊姊周遭的時間自由流動的那段日子。

憑著那種獨創性與行動力，她曾爲我展現各種有趣事物。

某些東西消失，必然會有某些東西誕生。

雖然有段時期累得半死，但人還是可以恢復舊日樣貌。

我或許失去了老家，但昔日的姊姊回來了。

就連我，似乎也跟著重返青春，當時做過的夢好像又回來了。

「刮痕和貓抓過的痕跡都沒變，依然原封不動。」姊姊說。

剝落的壁紙和牆上的洞都沒有補，以前隨意網購的客廳桌椅也只是暫時撤去，依然保留下來。

原來如此，並沒有全都變得嶄新啊，我心想，不愧是姊姊。

我希望她繼續淡定從容地按照自己的步驟不斷改變。希望她用那種父母在世時的風景彷彿都要溶入夢中的氣勢，活在當下。

想到只有自家人才會這樣期盼，我感到亮起一盞小小的明燈——在我新的老家。

小眼睛

以前我養過很大的陸龜。

到底有多大呢？大到抱不起來。大到可以塞滿L. L. Bean的大號托特包。

原先聽說會在三年之中慢慢長大，但那是騙人的。

原本巴掌大的小龜，短短一年就變成巨龜。

由於實在長得太大，已經開始破壞我們租來的房子，這時正好熟識的獸醫說，「不如給我當成招牌龜養在屋頂上？」我只好含淚送走陸龜。如果養在我家，陸龜無法自由自在四處走動，也無法曬到充足的太陽，況且考慮到將來勢必還會長得更大，那似乎是最好的辦法。

記得我把臉埋在陸龜的背上痛哭時，丈夫好像還用哭笑不得的神情旁觀來著？（那是當然！）

雖說只是一隻龜，卻是我從巴掌大的小龜養大的，自然感情深厚。叫牠牠就會回頭，而且只吃蔬菜很溫馴。肚子餓了就會在冰箱蔬果室門前討吃的，要睡覺時總是會到我臥室書架旁的那塊空位，就像掃地機器人回到充電器般自動歸位。眞的很可愛。

說烏龜笨是騙人的，我認爲牠非常纖細敏感而且懂很多。生命、本能和愛並沒有那麼簡單。

後來我去找獸醫玩，看到那隻龜眞的更大了，甚至可以坐在牠背上。牠的巨大令我瞠目，但是聽到我喊牠名字，牠還是會抬起頭稍有反應，讓我有點惆悵。

陸龜上午四處散步，自行去籠子裡的飲水盆泡澡，吃蔬菜和飼料，下午睡覺。

看著牠那樣，心情會很安寧。

只是爲活著而活，只爲此而動，可是感覺很悠哉。對於忙碌的我而言那似乎是最好的療癒，沒有陸龜的生活讓我萬分寂寞。

結果，我又養了兩隻小陸龜。這次是不會長大的品種，可以安心了。

烏龜非常纖細敏感，光是換個東西的位置都會讓牠緊張戒備。

剛搬到現在的家時，烏龜有一陣子不肯吃飯。

環境改變，而且過去不住在同一層樓的狗現在得同室，還動不動就朝陸龜的籠子探頭張望想偷牠的飯吃，所以似乎令陸龜相當不安。

如果換成我們，那就像毛茸茸的怪物從屋頂探頭窺視或者突然搶走自己的食物，當然會害怕。

即便如此，如果是我親手餵，牠還是肯吃。

當然我想牠只是把我和食物聯想到一起，但衰弱的陸龜無論面前放著怎樣的美食都不吃，卻肯從我手上吃東西，還是讓我很感動。

牠漸漸肯吃東西，漸漸適應環境，如今已變得很有活力。

看著在朝陽中悠閒自得的烏龜，一邊喝咖啡就感到滿心幸福，連我自己都覺得有點誇張，但那眞的是很美的一幕。

即便是如此喜歡烏龜的我，也曾養死一隻敏感的星龜。

完全是我的疏忽，牠被另一隻烏龜欺負，日漸衰弱，我卻沒有好好照顧任由情況惡化。等我發現已太遲，牠已經奄奄一息。但我那天爲了搬運不能走路的父親，必須開車回老家，只能含淚放下烏龜就走了，等我回來時牠已死去。

我邊道歉邊替牠做墳墓，那天本來是去護膚沙龍的日子，我還是心情沮喪地去了。那家沙龍有非常優秀的小姐所以我常去，但那天當我說，「烏龜死了很難過。」對方竟說，「蛤?連烏龜死了妳也要難過啊，基本上烏龜長得都一樣有區別嗎?」從此我就不再光顧了。

她的專業技術很優秀，也沒做錯任何事。我也能理解不喜歡動物的人的心情。不過，我還是忍不住想，拜託別用那種態度來碰我的身體。

不過，最主要的，還是因爲自己的疏忽害死本可長壽的動物，讓我悲傷又自責，所以才更無法忍受吧。

那是傷感的回憶。我引以爲戒，現在盡量努力好好飼養。

每天早上做體操時，烏龜會抬頭用小眼睛定定看著我鍛鍊腹肌的醜樣子。每次都害我忍俊不禁。那就是我的幸福。

最初也是最後

淺草有一家我懷念的壽司店，可惜搬家後少有機會再去。

該店位於弁天山後方，是標榜正宗江戶風味的老店，當時還是上一代老闆的老先生在店裡四處打轉，把鯛魚頭部那塊形似鯛魚的骨頭笑嘻嘻地送給我說，「這叫做鯛中之鯛喔。」

菜色有一流水準，環境清潔，氛圍緊湊之中又帶有溫馨，住在當地時我經常光顧。

我是長大之後才開始光顧那裡。

最大的理由當然是因爲如果不是成年人，那種氣氛實在不太敢進去，但是我想也是因爲有「自掏腰包，必須是什麼紀念日才能去……」的那種特別感。

坐在吧檯前，由廚師現場逐一捏製的壽司當然好吃，不過在桌椅區一口氣全部送來的綜合壽司能夠那麼新鮮美味的店，我還沒見過第二家。

有一次，我爲當時男友的生日訂了那家的位子。

雖然三十出頭的男人是否想在那種必須格外注意舉止的店裡吃壽司是個疑問，但既然他說想去，那我只好訂位子，沒辦法。

前一天傍晚在車站道別時，我說，「今天晚上我會買蛋糕，你要早點來喔，明天吃壽司喔。」

「我知道，我會早點回來。」他笑著說。

可是他並未回來。這種時候打電話去他家，通常他已爛醉如泥，有別的女人接電話。他就是這樣的人。

想到自己的承諾就害怕或不情願，於是藉著喝酒先讓自己失憶再說，是個軟弱的人。

那種時候，他那種「雖然是安靜地發酒瘋，卻因酒癮毀了人生」的感覺太可憐，所以我大概以爲有責任幫助他振作起來，自己必須陪在他身邊。年輕時的我太天眞了！

但我當時的辛苦有了回報，如今他已洗心革面不再酗酒，也有妻子小孩，好像過得很幸福，所以我很慶幸曾經努力過。

想起心灰意冷又悲傷的那夜，迄今我仍會作嘔，可見應該造成很深的心理陰影吧。就算他因工作關係必須取消約會也完全無所謂。但是只因爲逃避承諾就讓自己失憶未免太傷人。

若是現在的我，人生的時間已所剩不多，所以不會苛待自己。

可是當時我遲鈍得連自己感到受傷都沒發現。

別說是早上了，他到了快中午才醉醺醺地來我家。

然而，他那樣爛醉的狀態根本不可能跟我去壽司店。可是那家店很難訂位，不甘心的我決定自己去吃。

我打電話給兩三個在淺草的友人，但臨時邀約無人能趕來。

我抱著碰運氣的心態打電話回附近的老家，姊姊說在趕稿分身乏術。

母親討厭壽司，更討厭外食，最重要的是她根本不愛吃東西，所以我沒邀她。

可是，直覺異樣靈敏的母親，知道我的精神狀態真正瀕臨危險的時候。在我的人生中，只有二次是母親不顧一切救了我。其他時候，就算我再怎麼搖搖欲墜她也不聞不問，唯獨那二次，她立刻飛奔而來。其中一次，就是這時。

「我可以去。」當母親在電話中這麼說時，我差點哭出來。

我們絕非親密的母女。老是吵架，而且母親更偏愛姊姊，總是和姊姊在一起。我們母女三人同桌的情況倒是很多，但我和母親單獨出去吃飯簡直是不可能的事。

我去接母親，然後一起去吃壽司。

母親說，這家的壽司就連不怎麼愛吃壽司的她都覺得好吃。她雖然問了一句「妳和男友吵架了？」卻未再繼續追問，只是一直笑吟吟。

老是身體不舒服，不高興，神經質，潔癖，瞎操心……我從小到大早已習慣這個生下我後就體弱多病的母親，並不清楚在那之前的健康的母親。

直到那一刻，我彷彿終於可以切實感受到父親和姊姊一直憧憬健康時代的母親有多麼美好。那是可以讓人得到力量的溫柔。

母親很滿意那家美味的壽司，之後慶祝親戚家的小孩入學或家族紀念日時也曾一起去過幾次，但母女倆單獨前往那是第一次也是最後一次。

那是我人生中最初也是最後一次與母親單獨外食。

這或許是個不符合書名的大幸福的故事。

小腿

剛生下寶寶時，由於是高齡生產，我非常擔心。寶寶會不會被鼻水堵塞半夜停止呼吸？會不會從床上跌落？會不會嘔吐窒息？我整天在擔心這些。

當時我完全不知道，嬰兒就某種角度而言其實更結實。正因如此，我很心疼當時杞人憂天的自己。

我家小孩在生產時及氣喘發作、罹患流感有幾次是眞的差點送掉小命，但當時的我還不知道，在那種時刻，做母親的會異樣鎮定做出判斷。

有時就算周遭的人都說孩子沒問題，我自己的身體也會出現異狀，讓我得以立即判斷這非同小可。想必是幼兒與母親的氣場仍然緊密相連。

連我自己都嚇了一跳。就算徹夜未眠也抱著孩子站在醫院等待。熟睡五分鐘立刻又能照顧生病的孩子。自己生病時完全爬不起來，若是小孩生病我卻可以。（附帶一提，如果是丈夫生病，我會比我自己生病時更做不到！）

那種動輒擔心眼前，腦筋一團漿糊疲憊不堪的時候最煎熬。

我覺得照顧年邁多病的父母似乎也有同樣情形。

不過，照顧父母時隱約有種「父母就是父母，不可能不在」的心態，所以會讓判斷遲鈍。

總之，我實在太愛人生中的第一個孩子，整天擔心他，片刻都不想離開。

所以我總是摸著寶寶的小腿睡覺。

那是肥嘟嘟滑嫩嫩的小腿。

夜裡如果發燒，小腿會發熱，我就會驚醒；如果被小腿踢了一腳，就知道他睡得不安穩，連忙替他重新蓋好被子哄他安睡。

直到他兩歲甚至三歲也一直維持那個習慣。
結果我直到孩子十歲一直陪他一起睡。
他越長越高，小腿也漸漸離我越來越遠。
遠得令我伸手莫及，而他的腿也漸漸變成男孩子粗壯結實的腿。
即便如此，在搬家之前我還是一直硬要摸他小腿。

搬家後寢室換了，小孩也成了十歲的小夥子，不再一起睡覺。
那是理所當然，如果都這麼大了還一起睡才詭異。
然而，我的右手在深夜中偶爾還是會自行從被子伸出摸索那小腿。
無論寒暑，即便是父母過世的日子，我總是觸摸那可愛短小的小腿。
偶爾出外旅行住旅館，我也會從並排的床鋪伸手摸。真的已經變成男人的腿了。但，是那孩子的腿。仍留有我唯一的寶寶小腿的影子。

搬家前夕，在舊家的最後一夜。我盡量不去深思。

我告訴自己，就算到了新家肯定也有一起睡的機會。

我們會去旅行，那種時候都是大家並排睡大通鋪，所以還有很多黏在一起的時間。

然而，那晚，我知道有某種東西嘩啦啦地崩塌結束。

和小生物幸福地形影不離，無論去哪都一起，溫熱、慵懶、嫌麻煩，卻從不寂寞的日子。以及只是母親這種生物的自己。那樣的日子已永不復返。那樣當然更符合我的本性。我不只是母親，也得恢復一個成年女性的身分。那樣更好，小孩也會走得更順遂。所謂的成長，朝著那個方向不斷追趕我們。

如果深思會很寂寞，所以我決定不去想。這是一如往常的夜晚。明天依舊會來，明天還會帶來後天。住哪裡都不重要，我有家人，而且大家都活著。那就是最大的幸福。

但是想到小孩從一歲的小寶寶到十歲出頭，這段無可取代的寶貴光陰都在這個家度過，我還是不勝感慨。

再見了，寶寶。再見了，寶寶和寶寶的媽。

不知新家會有什麼等著，如此興奮期待的同時，舊家好像也在哭泣。我們走後，這個房子不知會多麼寂寞。房子啊，謝謝你。

我感到彷彿有一種暖意圍繞那晚的我們一家。

小腿逐漸成長的過程中，那既短又長的時光。

那段想必是人生中無比珍貴，無暇細細咀嚼只是埋頭向前衝的時光啊。

亞洲的午後

我在歐胡島的友人家暫住，就像當地居民一樣度過數日時光。

她家當然非常漂亮，但從她家往更高處走上去，那一帶住的全是大富豪。

我們出門遛狗順便去參觀。有很多大得像在開玩笑的豪宅，非常有看頭。越往上坡走，房子的規模就越大。

也看到很多以往只在電影或電視劇見過的電動大門和大型看門犬、園丁、保全公司的車輛。只是探頭稍微一瞥，便可想像豪宅內有大片玻璃可以居高臨下遠眺大海的豪華大客廳。從外面看不出來，但屋內有充足的空間，外人看不見的地方有巨大的窗戶。八成也有游泳池。

原來如此，我一輩子都不可能在這種地方生活呢。我奇妙地深深理解。

住飯店或許也能看到那種絕佳美景，但在日常生活中肯定見不到吧。

我絕對不是想住豪宅（這是嘴硬!?），只是感覺很不可思議，忍不住思考一輩子都不會再去做的事。

那種事肯定很多。比方說我怕拉肚子，所以想必不可能坐在堆積如山的生牡蠣前吃個精光，而且也不打算再生小孩，那些事仔細想想都已經不打算去做。

只是，我這一代的人心底深處似乎把美國式成功當成人生的終點站，所以才會忽然認眞思考起那種事吧。

一方面也是因爲我老是看懸疑推理和恐怖片，看到美國豪宅，就算保全做得如何周全，還是忍不住想，如果眞要潛入還是進得去吧？然後會不會發生種種事件？光是想像就不寒而慄。我膽子小，如果住在大房子，八成會一直待在某個小房間。

我漸漸發現自己內心對於想住在那種地方的憧憬意外稀少。大概是因爲一切都和美國式成功的春風得意連結在一起。

把狗交給別人，我和朋友去她常去的美甲沙龍。

就我和她以及我兒子。

「這裡超級便宜。不過，週一下午和日本人來這裡對我而言簡直太奇怪了。」朋友說。

她是學生，平時週一根本不可能來。

成排調整式靠背的按摩椅，工作的菲律賓女性。清潔的店內，電視一直播放美容節目。客人怎麼看都是附近居民。

做雙手雙腳的指甲，再加上指定部位的除毛和去角質總共約六千圓，的確很便宜。如果加上自選的各種服務項目會越來越貴，這點和日本一樣，不過該怎麼說呢，感覺很散漫。

雖然工作人員的名牌上寫著瑪麗亞或辛蒂之類的洋名字，但她們都是亞洲人，是家中某一代開始從菲律賓移民而來，或者只是這段時期出國來打工，這些個人情況我不清楚。不過，她們的確是在遙遠的地方有管道，現在才會住在歐胡島。但她們並不憧憬此地的文化，只要踏進沙龍一步，眼前已是亞洲世界。

雙手靈巧的她們，五彩繽紛的服裝和包包，邊塗指甲油邊聊天的對話，漂亮的黝黑肌膚上塗抹的彩妝。

她們只是把祖國的文化原封不動帶過來。

見識到豪宅文化後隨即在那裡修指甲，不知怎地讓我鬆了一口氣。躺在輕巧虛浮的廉價按摩椅上，我對這些秉持亞洲人特有的精細替我模指甲的女人感到敬意，同時和朋友並排躺著打瞌睡閒磕牙。我家小孩和正在休息的女店員坐在一起拿平板打電玩，店員偶爾會照顧他一下。

緩緩旋轉的吊扇下，包括店員、附近的老太太、來修指甲的大哥、從日本遠道而來在週一午後來到這種本地沙龍的我們，大家同樣度過菲律賓的時光。

我無法明確說明那到底是怎樣，但我覺得，近似這種感覺之處肯定有日本人的小幸福。

小巷的幸福

我從小生長的千駄木有很多小巷道，店面和住家混雜，有些地方勉強只能容納行人穿過，我等於是穿梭在各種人的生活中度過童年。

當時可以輕易看見一般人的家中，曬的衣服也一覽無遺，更厲害時甚至會穿過別人家的院子去對面的巷子。

能夠容許那種舉動，可見應是和平的時代。

經常從窗口探頭看外面的大嬸，總是兩條毛巾輪流清洗晾曬的大叔，還有穿著吊帶襯裙在家中走來走去整個大走光的老奶奶。

我以爲家中被看光是理所當然，所以經常被人說我太沒戒心，也經常被批評窗簾太薄。我已經習慣了所以根本沒注意。

因此我對住宅沒那麼講究。可以的話甚至希望家就是個水泥箱子。如果太喜歡，以我的情況反而會不安。我認爲一邊抱怨家中狹小一邊去寬敞的地方旅行，這樣才是恰恰好。

最近去老街也很少看到以前那種層架式的盆栽，或小窗口排滿盆栽的情景。現代的細長新建房屋在設計下了不少功夫，讓人無法從外面看見屋內。

想想也是。土地越來越少，大家都想買房子，大家族已經消失。以前只蓋一棟房子的地方，現在簡直像拼圖一樣根據不同坐向可以蓋滿四間房子。如今東京只有這種幾乎已可稱爲集合住宅的獨棟房屋。不過那或許也是東京的好處吧。生活極端便利，房子無限迷你。

去別府②時，沿著商店街後巷一直走，感覺非常懷念。雖然空屋和空店鋪

②別府：日本九州地區大分縣中部的城市，以溫泉知名。

也很多，氛圍有點冷清，但窗子之間距離很近，生活與商店混雜一處。

其中也有嶄新的咖啡店、藝術活動或地區振興活動，因此更顯混亂。街上有價格低廉的溫泉浴場，觀光客和本地歐巴桑必然出現的爭執也不時發生（例如不准人家加水稀釋溫泉或不准在浴池旁邊洗頭髮之類的）。

那一切，都讓我想起昔日生活熱鬧的老街。

別府的街頭入夜後突然開始生龍活虎，小巷也擠滿小酒館燈火通明，觀光客與本地居民渾然一體地自在遊走其間。

我和朋友們吃完餃子去蔬果店買橘子，散步到深夜，站著吃老爺爺手工製作的知名義式冰淇淋，喝了一攤又一攤。回到旅館後泡茶吃橘子。那是夜生活豐富的城市才有的樂趣。

我不禁想起童年住在西日暮里的時候。當時難得外食，也曾與家人和父親的友人這樣四處漫步街頭。小孩子立刻被零食、文具用品或店頭的泥鰍吸引，大人們看到的肯定是不一樣的東西吧。書店通常有貓睡在銷售的書籍上，人們買了可樂餅就站在肉店門口吃。幾乎所有的餐飲店都可以將吃剩的打包帶走，所以有時也會抱著溫熱的剩菜回家。

那種時代的結束，令人傷感，也令人無奈。

日前我暫住朋友家，在歐胡島待了一陣子。

美國的食物通常分量驚人，如果上館子按照大家想吃的點個幾盤，無論什麼樣的店必然會有剩菜。

在歐胡島期間，想吃東西就去齊亞摩基（Kaimuki）或中國城有很多美味小餐廳林立的地段，然後視當天心情吃美食，索取包裝盒自己打包剩菜，帶回家放進冰箱隔天早上吃，那也是一種幸福。

早上起來先喝杯咖啡或紅茶，「把昨天那個熱來吃吧。」「對了，還有那個，那就再弄個生菜沙拉就好？或者只要味噌湯？」我們一邊這麼討論，一邊聊起昨天的回憶。

東京基於衛生考量幾乎不可能有那種事。

希望東京也還悄悄保有這樣的店，可以與小巷的回憶一起嘗到剩菜加熱的幸福。

我的披頭四

對於各位，或者任何世代而言，想必心中各有各的披頭四。

「我的披頭四就是約翰，不，是林哥，怎麼能少了保羅！不不不，還是喬治最重要……」這樣的對話我也經常聽到。此外，還有例如「這個年代才是他們的巔峰期，不不不，這張專輯才是最成熟的作品……」這樣的議論。

但我的披頭四不是這樣，很與眾不同。

我們一家三十年來都會造訪西伊豆的土肥溫泉，當地有一家咖啡店。

打從當時到現在都還在，歷史相當悠久。去年夏天我去的時候或許不巧碰上公休日，那家店沒開，但我看過招牌確定還在。

我很愛吃那家的熱烤鮪魚三明治。在那裡喝到的土肥牛奶、小瓶啤酒、從窗口可以看見鎮上最大的十字路口都是我的最愛。說不定是我在這世上最愛的景色之一。

說是咖啡店又有點不同，或許還是該稱為七〇年代的喫茶店。

店內有吊床和電話亭，有整片木板做成的吧檯，在當時應該算是相當時髦的店。就像下北澤或吉祥寺會有的店。

店名叫做「BEETLE-·」。但直到十年前還叫做「Lennon」。

鎮上傳言因為店名不妥，甚至引來小野洋子直接上門抗議，但在那種鄉下地方真的會嗎!?米X鼠什麼的山寨版倒是經常聽說……。

老闆似乎是狂熱的披頭四粉絲，店內到處擺滿海報與唱片封套，甚至連披頭四來日本時的演唱會票根都裱起來掛在牆上。基本上從一樓入口上樓到店裡的這段路，已經滿滿的都是四人的臉孔，光是看都看飽了。

而且那裡不管是什麼天氣或什麼心情，永遠沒完沒了的播放著披頭四的各張專輯。

第一次去土肥溫泉時未滿十歲的我，就是在那家店認識披頭四。當時我只知道有這麼幾個人創作並且表演這樣的歌曲。還沒那麼多心思去考慮喜歡或討厭或者酷不酷的問題。

吃完飯去喝咖啡，或者早晨旅館打掃的時間必須暫時離開時，在那個幾乎毫無喫茶店的鎮上，只能去那家。誇張的時候從早上到午餐再到晚餐後一天之內連去了三次。如果家人之中有誰不見了，只要去那裡一定能找到。不是在那裡就是在旅館樓頂，或者港邊，或者堤防上，總之包準可以發現某人。就是那樣悠哉的生活。

所以我在那裡的漫長時光——三十年來，幾乎是每年夏天連續一個星期天天待在那間店的時候，一直聽著各首披頭四有名或無名的歌曲。

結果對我產生的影響是——不，我想對我姊，以及在土肥溫泉喝咖啡的所有人都是，即使在其他場所聽到披頭四，腦海也會自動浮現土肥的風景和那家喫茶店的內部裝潢。

生平第一次看《黃色潛水艇》這部電影時，我覺得很怪。因爲除了電影的場景之外，不知怎麼搞的，也有咖啡、被曬得褪色的海報色彩、土肥的十字路口等等影像浮現腦海。

哇，看來我眞的被洗腦了！我大吃一驚。

有人送我 iTunes 的披頭四 BOX，我欣然下載後，在車上聽了全部歌曲……厲害的是，無論多麼冷門的歌曲或早期的歌曲我都能一聽就知道，但是對歌名和歌詞內容完全沒概念。

而且在腦中自行不斷重播的，不只是那間店，還有土肥溫泉的各種影像。毫無英國風格，只有橘子和枇杷和土產店，以及父母年輕時令人懷念的面容，旅館的大嬸，旅館前的扶桑花，沙灘，漁船……純日本的風景和歌曲完全連結在一起。

所以我對披頭四一點也不熟悉。我的披頭四，只有那間店。

如果我是披頭四成員，大概會親自拜訪這麼愛給客人聽披頭四歌曲的店老闆表達感謝之意吧。

那家了不起的喫茶店，雖然讓我徹底失去機會認識一般定義的披頭四，卻也用日積月累的力量，帶給我畢生無法抹滅的某種東西。

眞正的語言

如果沒有村上春樹先生走在我前面，我想我肯定早已被文學界放逐。

我有很多事眞的做不到。不是那種靠著鬥志勉強能解決的問題，是做了眞的會昏倒的事。正因爲有這種弱點，在其他方面才能強大發達，所以莫可奈何。

我也不擅長和人見面或去人多之處，內心覺得自己根本沒辦法在公眾面前說出自己的想法。只不過是身爲成年人，迫不得已時只好硬著頭皮出面努力撐過去罷了。

所以看到新井亞樹小姐創作的《內向的奈加子》這本漫畫時，我鬆了一口氣。主角雖然內向，某些地方卻格外大膽，艱難生存的奈加子那種笨拙就好像我自己，讓我得以明白，保持這樣就可以。

我沒加入文學團體，也不出席聚會，也沒擔任什麼文學獎的評審委員，是因爲我太笨拙，光是忙自己的事已筋疲力竭，但別人往往不這麼認爲，我也不想解釋。

所以目前我就是和少數能夠理解我的人一點一滴工作，不過身爲公司代表與人會晤，或者以代表日本的作家身分出面時，我當然不可能擺出那種態度，只好做出各種毅然姿態勉強混過去。

因此我對那些以社會人、作家身分應對自如的人抱有很深的自卑感。眞羨慕大家能夠一起喝酒或聚會，不過，與其說我是小說家，更像是從古怪的思考角度對年輕人講述靈異虛擬故事的寓言家（這是什麼職業！），所以領域有點不同，還是算了……我原本這麼想。

不過，有一天我發現，偶爾見到作家可以讓自己得到很大的療癒。只能用療癒來形容。

我們抱著只有同行才懂的苦惱相視而笑，即便彼此對那些苦惱隻字未提，也默默理解我們共有生存的艱難，深深感到一種輕鬆。

可以明確地感到，啊，這些人雖然在笑，深夜或黎明卻獨自直面自己的內在不斷編織文字。

所以我雖然很少見到作家，偶爾見面就會感到安心，滿心幸福地回家。寫稿時也是，只要想起那個好像就不再孤獨。

這種幸福只有長大之後才明白，所以我很珍惜。

雖然很討厭這個字眼但此刻我得說，他們完成的作品都有一種類似「空氣感」的東西令人安心。

之前我看某雜誌，山田詠美老師針對這點寫了一篇精彩文章。

「我看某節目，男士們聲稱，女人一再給出門的丈夫或男友傳訊息打電話是不識相的做法，女士們則說，男人至少該交代一聲是否回家吃飯，大約幾點回來，否則會造成困擾，雙方的議論成了毫無交集的平行線，爲何沒有任何人說『至少該通知一聲是否平安』或『因爲擔心他在外是否出事』？對於我這種曾經碰上好幾次男友或好友猝逝的人而言，無法聯絡到對方，通常暗示著那種可能性。」

我也看了同一個節目，卻沒有想到這點。

對於毫不畏懼被當成愛吃醋的「嘮叨女人」，堂堂正正從嶄新的角度毅然表明想法的山田老師，我非常感動，不禁落淚。是的，愛並非嫉妒或日常瑣事。是對方的生命與自己生命的相遇。

對山田老師而言，那是理所當然，想必眞的覺得不可思議。所以才能坦然化爲文字。山田老師的生活方式和過往人生的喜樂悲愁全都疊合在一起，那些文字這才有了生命。

我想，自己目睹了那瞬間。

我傳訊告訴山田老師，自己在感動之下哭了，她回覆：「妳在說什麼傻話啊，芭娜娜！」似乎完全不當一回事，那種態度也帥氣得令我渾身發麻。

作家這種生物很沒救。吃得多喝得多睡得多，整天只是思考或寫作，有點幼稚又無用。然而，大家都擁有不對任何事物屈服、異樣堅強的最後底線。

其實不用送給我

抱歉又是寫和作家有關的話題，但那是迄今想起仍會莞爾一笑的小幸福，所以我還是想寫。

某晚我去友人經營的酒館，湊巧田口藍迪小姐也在。我家和她家離得很遠，彼此又很忙，因此少有機會特地相約見面。

不過，偶爾我們會傳訊息，也在伊豆見過面，或是在別人家巧遇，出席展覽的開幕酒會，總之經常不期而遇，或許因此而沒有久違之感。

和藍迪喝酒，她醉了就會越來越可愛，如果我是男人恐怕早被她的魅力迷得暈頭轉向，道別時甚至有點想哭。總之她的舉止聲音和表情都極有魅力，足以打動別人的感情。年紀雖比我大一點，但打從開始我就以為我們應該同齡，講話也沒刻意使用敬語（因爲她的外表實在太年輕了），迄今仍然是這樣相處。

我說要送先走的她去搭計程車，一起走在夜晚的路上。

我想我肯定也有那種特質，作家就是背負著那個人的世界在走路。只要和藍迪在一起，我就感覺自己成爲她作品中的人物。就像她作品中的人物一樣，在無能爲力的狀況中，硬著頭皮也要笑著走過夜路。活著雖然感傷痛苦卻又歡喜，就是那種感覺。

藍迪已經醉得醺醺然：

「啊，這個，嗯……怎麼辦，可是我想給妳，我想給妳就給妳！管他的！」

她說著，遞給我一個瓶子。

蜂蜜中醃漬堅果，瓶子非常可愛。

「我喜歡這個！所以今天買了一瓶。不過，我眞的很希望妳吃，所以送給妳！」

她講到這種地步，收下來好像有點過意不去。

「不不不，不用了，這個我隨時可以去澀谷買。反倒是阿藍妳家住得遠不好買。不用給我啦。」我說。

但她還是一直說給妳給妳，堅持非要把那瓶送給我。

她那份心意讓我很開心，最後還是收下了。

來個緊緊的大擁抱，鑽上計程車揮手的她遠去後，她那歌唱般的高亢嗓音猶在耳邊縈繞。美味的瓶裝蜂蜜也在手裡。

以前我家附近有一隻非常可愛的母黃金獵犬。

牠總是在門內對我搖尾巴。

我徵得那家的主人同意，晚上散步時總是會帶一片餅乾，和這隻金毛玩耍後把餅乾給牠才回家。牠非常開心，一下子就吃掉了，但我告訴牠「說好了只能吃一片」就走了。

過了一陣子，我家也來了一隻黃金獵犬的幼犬。和鄰居那隻文靜的金毛不同，這隻總是頑皮好動地出門散步。

晚上照常走到那隻狗面前，讓小金毛和牠玩耍，我摸摸牠，一如往常給牠餅乾，牠竟然不吃。

牠明明很貪吃，難道是生病了？我有點擔心，送到牠眼前牠也不肯吃。這時我家的小狗飛奔過來一口吃掉。

隔天，再隔天，牠都沒吃餅乾。

而且都被小狗吃掉了。

牠當時的神情，難以用言語形容。好像有點悲傷，又好像有點開心，有點驕傲。

難不成，因爲有比自己幼小的狗在，所以出於本能禮讓給幼犬？

如此猜想後，有一天，我沒帶小狗，自己去找那隻狗，拿餅乾給牠。

這次牠像以前一樣一口吃掉，猛搖尾巴。

原來如此，對不起喔，之前是我疏忽了。牠那種愛護同族幼小的溫柔讓我很感動。

當然不能把狗和藍迪相提並論，但每次看到那晚得到的蜂蜜堅果瓶，我就會想，啊，好像有同樣的感覺呢。心頭湧起溫情。

雖是自己珍惜的東西，卻又沒有那麼珍藏不捨。偶然遇見久違的晚輩，心生歡喜。所以把自己手邊有點珍惜的東西毫無保留地讓給對方。藉此將今晚巧遇的歡喜小小保留。

我可以感受到那樣的心情。

小玉的生活方式

我家的貓小玉，因爲奇特的外表擁有許多粉絲。

基本上是蘇格蘭摺耳貓，不知何故卻有日式花紋。身上是黑白乳牛似的斑點，只有尾巴是條紋。花色的分布絕妙，以前身爲漫畫家的姊姊在散文中畫了小玉，甚至有讀者來信抗議「不可能有長相這麼奇怪的貓，妳太偷工減料了」。

我和丈夫當時分別是三十九和四十歲。

二人都很忙，在那樣的生活中壓根不想生小孩。

想必當今日本的夫婦多半都是如此，每天忙著工作，一轉眼才發現已到了不惑之年。無關好壞，只能說現在的社會就是這樣。

我本來已對生小孩不抱希望，丈夫打從一開始就不怎麼想生小孩，所以兩人多少都覺得應該就這樣了吧。當時我們經常在附近的寵物店看著已經七個月大還沒賣掉的小玉。

小玉本來就體型嬌小，每天安靜地在狹小的籠中生活。就算被我們盯著牠也不在意，看牠不時會撞牆，我猜牠的眼睛恐怕也不大好。與其說可憐，這隻貓更讓人覺得不可思議。牠洗臉時也很怪，一般貓咪都是舔手掌邊緣然後洗臉，小玉卻是一直舔手掌心，也沒洗臉就這麼結束了。

「既然不生小孩，那就養那隻貓吧。」

我家當時養了一隻貓兩隻狗已經很吃力了，所以我們是非常認眞地愼重討論之後才決定養小玉。

結果或許是因此心情放鬆了，不知怎地竟然懷孕了。

小玉或許也算是我家的送子鳥吧。

小玉來我家後依然我行我素。

不知爲何只在半徑五公尺之內活動。睡覺的地方，廁所，水，吃飯，僅此而已。牠不會和人一起睡，也不曾在其他地方見過牠。

只有一次，另一隻貓弄破紗窗逃走時，小玉也跟著跑出去了。牠眼睛看不見想必很不安，會不會被車子撞到……我慌忙光著腳就出去找貓，結果牠就靜靜坐在家門口的停車場，讓我當場傻眼。

牠年紀大了之後更不喜歡活動，整天睡在以前在舊家當作貓廁所使用的保麗龍盒子裡。那個盒子不大也不小已經快壞了。其他的箱子牠堅決不肯進，我只好死心地隨牠去。但那很臭，而且小玉會不停舔周遭，導致箱子日漸磨損，周遭散落白屑，但牠好像就是認定了非得那個箱子不可。

肚子餓了牠會緩緩從箱中出來用魔鬼嗓音嘎嘎叫，沒有水就在水盆前生悶氣，只是抱著胳膊睡覺，別無其他訴求。

吃飯只吃乾糧，偶爾給牠香噴噴的小魚乾，牠也只會舔兩下，至於生魚片，牠連正眼都懶得瞧。

每天吃同樣的乾糧，喝水，然後又回到箱中。

不分寒暑，牠的生活永遠不變。

摸牠時牠會開心地呼嚕呼嚕，但飼主不在家時牠好像也沒有特別難過。

小玉也已十二歲了，今後這種生活模式想必不會改變。

牠爲我們帶來寶寶，那個小寶寶長大變成少年的過程中，生活裡一直有小玉，想必有一天牠會悄然在那箱中死去吧。

而我們肯定會痛哭，但不知爲何，我感到悲傷會停留在最低限度。而且雖是最低限度卻有種不可思議的深度。小玉肯定化爲魂魄後也照常繼續同樣的生活模式。我猜肯定是。屆時牠八成連自己死掉都沒發現。而我們或許也會因爲這麼想，沒有收拾那個破箱子。

上哪去找這麼不給旁人造成負擔的美好生活方式？

生物盡情發揮靈魂擁有的個性走完一生後，無論是何種形式，想必會意外地給人留下幸福？

看著小玉的生活方式，我深有此感。

社區的偉人

上次我搭計程車，司機是個年紀已經快要變成老爺爺的大叔。

一眼看到就讓我心生懷念。我感覺以前的計程車司機多半是這種類型。不知該說他們是生活達人，或是享受人生，總之心靈的從容反映在外表，有種非常豐饒自在的氣質。中小企業及小工廠的老闆通常是這種人。他們的生活方式就像時代劇裡瀟灑的流浪武士。

附近鄰居會找他商量問題，請他出面仲裁糾紛，可是他自己有煩惱時卻默默忍受。就是那樣的人。

「奧澤如果是那個地址已經到九品佛了吧，幾乎在環八沿線了？」司機說。

只報上地址，就能迅速掌握大致地點與路線的這種司機本身就已日漸稀少，所以他的犀利首先讓我吃了一驚。

過了一會，司機把碼表放倒說，「啊，我忘記啓動碼錶。沒事沒事，是我自己的錯。」

這種舉止也很瀟灑。我就遇過好幾次愛計較的司機鬧得很不愉快。

「手機要花很多錢，所以最後決定用PHS，聯絡很方便，醫院也能使用。」他說。

到此爲止還算常有的說法，但他接著又說，「反正買一臺和買三臺都是同樣價錢，所以我買了三臺，給我老婆和住鄉下的姊姊。這樣隨時都能免費聯絡。如果有電腦，也可以和國外的親戚聯絡，所以不用手機也沒關係。大家都沒有好好考慮，所以功能重複白白吃虧的情形其實很多。現在有Skype。可以盡情傳送照片，如果用手機傳送會很貴。我想送一臺給另一個兄弟，所以又買了三臺，這次給我兒子女兒的話，我們一家人之間聯絡也不用花錢了。」

他這個年紀，居然能配合生活模式針對通訊的各方面思考，眞是太厲害了。

「我媽死的時候我一直握著她的手，可惜沒能告訴她『謝謝妳生下我』。」司機說。

「她肯定明白。」我說。

「是啊，因爲我替她送終已毫無遺憾。」司機說。我把未能親眼替父母送終的事告訴他。

「是嗎，您未能親眼替父母送終啊。」

他用非常溫柔的聲調說。

「不過，也許是他們不想讓我看見。」

「對呀，我死的時候說不定也會這樣。」

一邊這麼對話一邊駛過傍晚的城市讓我感到一絲幸福。

他比我年長，經歷過很多事，還能保持平常心對待我，感覺很可靠。我很久沒嘗到這種被長輩守護的滋味了。以前不管去社區哪裡幾乎都有這種大叔或老爺爺。

司機說這輩子只有兩次被自己的小孩激怒。一次是瞞著父母擅自借錢，另一次是失手差點鬧出人命。據說他當時告訴小孩：只要不給別人造成麻煩，隨你做什麼都行，你們如果殺人了，我也會跟著賠上這條命。從他的態度可以感到他是說眞的，想必他的孩子們一定教養得很好。

「我告訴他們，就算付再多的錢，也無法挽回一條人命。」司機說。如果問我是否有他這種決心，說來慚愧，搞不好沒有。

當他的長子到了考大學的年紀時，司機挑明地說，「我們家沒有多餘的錢，所以不准念私立，也不能重考，機會只有一次，如果落榜了就去找工作。」兒子也堂堂正正地回答，「我知道了，但我有一個請求，請讓我去上補習班。」

所以，司機出了補習費。他開心地說，結果兒子一次就考取了。女兒看了之後，也同樣一次就考取。其實心裡本來希望他們兩個都早點就業獨立，也好減輕自己的負擔，不過他們很努力，所以還是很高興……。

我聽著彷彿也幸福地體會到年紀增長的意義。

要下車時，我的零錢還不足之前碼表沒計入的里程數，我就說不用找了，但司機堅持不找不行，雙方一陣推讓後他終於收回零錢，說聲謝謝，揮起一隻手瀟灑離去。

我心中只留神清氣爽的餘韻。

那天的綜合水果飲

我在各處都寫過這件事所以或許內容重複，父親過世那年，我在父親病倒的同時也罹患流感和中耳炎，總之就是一直發高燒，耳朵聽不見。到現在左耳的聽力還有點差。

想必我的內心深處不想聽見父親的死訊，而且也想與他一起對抗高燒吧。和自己的意志無關。如果可以我很想每天健康地去探望他，所以說來很諷刺。但那時候，我相信自己也一同體會到父親離世的某種東西，也幫了一把。不過，就算不用那種靈異的東西解釋，心情沮喪體力衰弱的時候天天都經過醫院急診室旁，罹患流感好像也是理所當然。

那年非常冷，所以走廊的椅子擠滿流感病人，就像野戰醫院一樣紛紛等待打點滴。

明知是多管閒事，還是想勸這些人：去附近醫院拿點克流感膠囊或退燒藥回家睡覺吧！那樣肯定會好得更快……因爲人實在太多了。

那晚，看到父親健康待在老家的最後一晚（因爲當他再度回到老家時已成了遺體），我一如往常和兒子一起回老家，和父親笑嘻嘻度過。父親當時說他感覺好像快感冒了，一邊還唱了歌。回程我在電車中想，「咦？是被傳染了嗎？我怎麼也覺得有點頭昏。」隔天非常冷，還飄了小雪，我的身體徹底投降。我想各位應該都有經驗，流感是病毒繁殖，當他們（？）的繁殖速度一路上升時最難受。當時我有事要去外縣市，簡直痛苦得要死。從早到晚都在外奔波，等我回到家已經站不住。翌日去醫院打點滴拿抗生素，可是完全不見效。我在床上躺了一星期，父親也在同一天緊急住院，之後那兩個月他一直待在醫院直到過世。

那天的不舒服我恐怕永生難忘。身體糟到絕望的地步。父親如果也是那種狀態，那我很慶幸自己能幫他分擔一點包袱。身體就是爬不起來，窗外一片灰濛濛，心情沉鬱到甚至想不起昔日健康的時候。

接下來的兩星期，我本來預定去臺灣旅行也不得不取消，因爲耳下淋巴腫脹，持續高燒，耳內老是轟隆響，痛得我總是不停抽泣，狀態非常悲慘。

神明並未如魔法般治好我的病或讓父親延壽續命。但我還是覺得，或許眞的有神。因爲只有我兒子過生日的二月八日那天，我的身體稍微好轉。

我也很莫名其妙。當然肌肉消瘦舉步維艱耳朵也聽不見，但不知怎地可以起床了，還陪小孩一起拆開朋友們送的禮物。之前除了勉強掙扎去醫院幾乎完全不能動，那天卻身體輕盈如夢，還能走到附近的義大利餐廳，雖然幾乎完全吃不下，還是分享了丈夫和小孩的食物，在睽違多日後感到「眞好吃！」。

刺骨的冷空氣也很舒服，我感到走路是一種幸福。

而且那天，熟識的編輯得知我病倒，特地送來內行人都知道的近江屋的綜合水果飲（水果賓治）。可愛的塑膠瓶中塞滿五顏六色的各種水果。小孩很開心，放進冰箱冷藏後大家分享。水果全都細心切塊，顏色也很漂亮，很甜，有種夢幻的味道。

三天後我去探望父親，在醫院感染另一種流感，再次病倒。這次發燒更厲害，最高燒到四十二度，但由於及早治療，靠著服用克流感只躺了一星期就能站起來了。不過畢竟有發燒，再次病倒令我心裡很窩囊。因爲這下子我肯定不能去探望父母，生活不便的期間顯然還要延長。

那段期間，眞正有精神的只有那一晚。那也是我第一次這麼長時間停筆沒寫小說。

第二次病倒時，我記得我眞的哭著想「枉費我好不容易康復到可以吃義大利菜」。我充滿無力感。深深感到身體健康的重要。

但比起當時的絕望，現在我更懷念那瓶綜合水果飲，裝滿友人眞心誠意關懷的繽紛色彩。所以人生還是很美好。因爲最糟的回憶經過時間沉澱之後會變得最美好。

一直在看著

愛犬十七歲死掉時，我驀然驚覺。

雖然和很多狗一起生活過，但這是第一次有狗活到十七歲。牠的存在已是理所當然，所以家中各種物品都能看見牠的影子。令我動輒落淚。

在那種悲傷中，我發現牠其實一直在看著我。如今少了牠的注視。

我家當時另外還有兩隻貓一隻狗，照理說我受到的注視已經夠多了。

但我知道，分明少了一個。

我這才發現牠是如何時時刻刻注視著我。我忽然感到無依無助。

牠只是看著，並沒有特別溫柔的祈求或介入。可是那種視線卻讓我彷彿被無垠廣袤的東西籠罩。

對人類而言搬家很辛苦，但理智上明白所以應該還算輕鬆。

「因爲如此這般，所以幾月幾日必須搬出現在住的地方，去新家睡覺。」

即便知道，身體還是不習慣，無法安眠，或者想起舊家的天花板忽然悲從中來。

然而，我隱約可以察覺，搬家對貓來說幾乎是天翻地覆，發生了一輩子都不可能出現的事。

兩隻狗似乎覺得只要有人在的地方就是家，很快就適應了。那種適應力之迅速甚至令我驚訝。

至於貓，其中一隻視力不佳的小玉老奶奶，決定自己的固定位置和廁所位置後，也立刻適應了。同樣令我驚愕。

可是另一隻橘貓老爺爺，怎樣都無法接受現實。牠躲進箱子不停發抖。不巧我們全家有事要去美國，我必須把狗和貓留在剛搬來的新家。

怎麼想都做不到。

另外三隻倒還好，問題是老爺爺貓恐怕會絕食，也會試圖逃走吧。萬一不熟悉新家的臨時照顧者開門時多耽擱一會，牠肯定會趁機逃出去。我和丈夫認真思考該怎麼辦。

最後沒辦法，我們決定讓動物繼續留在之前租的舊家。

室內已空無一物，所以受損程度應該可以降至最低，而且臨時照顧者也常出入舊家，貓至少會比較安心吧。

於是我們帶著四隻過去。

空蕩蕩的屋子很冷清。不久前還塞滿全家人的東西，已有四十年屋齡的房子，成了地板骯髒的廢墟。唯獨動物的臭味仍瀰漫室內讓我很愧疚，甚至心想今後租房子都不能住太久了。

雖然不是昂貴的東西，都是破銅爛鐵，但我們一家的物品肯定曾散發某種溫暖。

如今空蕩蕩的室內顯得格外老舊，讓我不由這麼想。

要離開時，丈夫看著不安的貓說：

「我打算從今天起，一個人暫時住在這裡。」

我很佩服他。時值盛夏。雖然有冷氣，但在那個沒有電視沒有洗衣機也沒有冰箱的空屋子，他要和四隻動物在睡袋過夜。我本來就很尊敬丈夫對動物的喜愛，這時越發感動。我雖然也愛動物，卻做不到這種地步。因此搬家的整理工作由我負責，丈夫就繼續陪伴牠們直到我們啓程出國為止。

我每晚目送丈夫洗完澡後頂著一頭濕髮騎腳踏車去舊家。

新家前的空地還沒有蓋房子，因此拐彎之後還能看見他。我揮手，仰望新土地的星空。然後在沒有動物的新家繼續整理直到天明。那就是這次搬家印象最深刻的情景。

每晚躺在睡袋和動物們同睡的丈夫，某日感慨良深說：

「平時雖然也一起生活，但常常被電視的聲音、家人的動作或家電用品的運轉分心，所以沒有察覺，但在空無一物的房子和動物共度，才發現牠們有多麼關注我的行動，讓我很驚訝。牠們時時刻刻關注我的行動，我鑽進睡袋後，牠們就從室內各個角落聚集過來，像露營一樣一起睡。當我醒來時牠們也會醒，總之就是一直看著我。讓我感到更親近了。」

我聽了不禁想，啊，和我在愛犬過世時的感受一樣，動物果然時刻都在看著主人。

赤腳穿涼鞋

作夢都沒想到，到了五十歲竟然會赤腳穿涼鞋……這是騙人的，其實，我以爲唯獨這點在我身上應該始終不會變。

年輕時很喜歡的迷你裙、長頭髮、連身洋裝如今都已不再執著，唯獨涼鞋，我從小就喜歡。

就算不記得當時的服裝，只要看到照片中自己穿的涼鞋，就會立刻想起，啊，這是那時候買的，誰誰誰也在場……。

我現在最中意的，是每次在夏威夷購買的彩虹涼鞋和ISLAND SLIPPER的涼鞋。泡沫經濟時穿的都是PRADA或Pollini的名貴涼鞋（那些與其叫做涼鞋，好像該稱爲穆勒鞋，外型設計和氣質都很出色），現在卻只穿這兩種。

沙灘涼鞋也很流行，但穿著那個上街會讓我有點不自在。我喜歡皮革的觸感。穿起來太舒服甚至好像已變成自己雙腳的一部分，穿著那個走在街上，即便是身在充斥閉塞感的日本，我也會感到些許自由。

雖然我很粗枝大葉，但我知道，自己的服裝與時尚品味，是發祥自美國加州一帶的生活模式。

偶爾去舊金山，比起在東京時，穿著與我類似的人們更多，年長者也是如此，所以感覺更輕鬆自在。

最近日本也有點流行那種文化，年輕人的世界也多多少少混合了自然派的衝浪文化，其中卻少了嬉皮的味道……類似這樣的店雖有，但最大的不同就是店員的生活方式不一樣。他們往往衣衫筆挺，連皺褶都沒有，妝容完美髮型無懈可擊。身爲前輩（笑）我暗想，你們還得再多多放鬆！

如果不拋開某種生活方式，別的生活方式就進不來。這麼簡單的道理，我卻費了很長的時間才察覺。任何服裝和等級都各有各的好看，有其講究，有志趣相投的同好。

而且我認爲，那只能由任何人根據個人的喜好選擇，是上天賦予的自由。

有一天我曬衣服時，不經意看著那些衣服迎風飄揚。

在陽光中，我的衣服也混雜在家人的衣服中飄揚，那是橄欖綠的吊帶背心，螢光粉紅的胸罩，鮮黃的棉襪。還有酒紅的長裙，無袖的深藍襯衫。全都是可以在家清洗，乾了立刻能穿上身的方便衣服。

當然買的時候就經過精心挑選，所以沒有一件是我討厭的。

然而，到了這個年紀，我終於覺得，啊，每一件都很好，帶著某種程度的皺褶迎風飄搖，看起來眞好。日本的確少有這樣的景觀。或許我有點與眾不同。不過算了，這就是我，而且我想，但願今後也能盡情穿這樣的服裝就好。

宴會之類的場合迫不得已，我會在某種程度打扮正式，但我想，不知不覺我已經眞正找到和高級餐廳、高跟鞋、套裝、名牌包無緣的世界——藉由這樣的生活方式。

至今每次穿上涼鞋仍會感到特別興奮。玄關如果放著我喜歡的涼鞋，每次穿上都很開心。

當我離開人世時，我肯定會想，「唉，明年不能再穿那雙已經穿習慣的涼鞋了……。」

我就是這麼愛涼鞋。我愛穿涼鞋走過熾熱的柏油路。

每個人想必都有類似這樣的某種喜好，有一天卻再也無法享受。

就算那是異常渺小的自由，還能嘗到這種幸福眞好，所以希望明年也在這世上。

擁有很多這樣的東西後，我想，悲傷時肯定能夠稍微把自己往好的方向拉一把吧。

對某人而言那或許是甜甜圈，也或許是心愛的大衣。或許是熟悉的小路，或許是家附近居酒屋的菜單。是什麼都行，總之是有那人風格的東西。喜歡那人的人看了肯定會露出笑容的東西，我想一定有。

熟悉

之前我在這個連載單元提過我兒子小時候我們常去的中國餐館，最近終於關門大吉。

打從那家餐館變成賣亞洲多國料理和中國菜的店，我就覺得有點不妙，所以倒也沒有太難過。只是想到再也吃不到那麼好吃的擔擔麵，就有種奇妙的暈眩感。

大概是覺得將來有一天，自己也會成爲那個「再也不……」吧。比方說某人想起我時會說「那是最後一次見到吉本小姐」，或者小孩想起我，大概會想「以前媽媽常坐在那個地方」，總之是屁股有點發涼的感覺。

不過意外地泰然處之，甚至沒有感傷。

一般人或許相反，也許是我比較極端，但我年輕時經常面對離合聚散，當時很多事都是抱著只有當下剎那的心態，動輒傷感。

我想，要是永別能夠當成現在只是出門買個東西就好了。

正因爲做不到，所以才會出現「活得好，死得快」這種護身符吧（父親生前也有這種符，可惜死法正好和心願相反……人生似乎總是無法盡如人意）！

那天，我穿著迷彩軍裝褲，搭配灰色的時髦帽T，腳上是帆布鞋，包包好歹是麂皮的，以這身打扮去看朋友的展覽。在場眾人都穿休閒服，不會顯得我的服裝太休閒太丟臉。丈夫在襯衫外面套著夾克，小孩穿牛仔褲T恤配球鞋。

那是週日中午，又是全家出動，所以我想這種裝扮應該差不多。

到了傍晚，小孩餓了，於是決定提早吃晚餐。我們臨時走進剛開始營業，看起來有點高級的燒肉店（不是牛排館）詢問：「我們沒有預約，可以進去嗎？」當然店內空蕩蕩的沒有任何客人。因爲我們打算趁著時間還早速戰速決。

「呃……請稍等。」年輕店員說著離去，換成一個看似店長的大叔出面。這人盯著我從頭到腳看了兩遍後，說：「不好意思，今天預約已滿。」

或許我們看起來的確很窮，但有必要這麼露骨嗎!?我們差點噗哧笑出來，笑著離開那家店。

今後的時代，這種消費分流的現象大概會越來越嚴重吧。像那種店就秉持不接待未預約、有風險的客人這個方針繼續加油吧。我一邊這麼想，一邊走向代官山某家我們常去吃午餐的中餐廳。該店乍看高級，從中國請來一流廚師，卻希望客人吃得輕鬆隨意，菜色美味，價錢卻不算太貴。經常看到附近穿短褲的大叔光顧，所以我想應該沒問題。

去了一看，客人果然全家老小出動，還有穿短褲的大叔熱熱鬧鬧地用餐，店員笑臉歡迎常去的我們。剛才還覺得自己的穿著很寒酸，此刻卻似乎突然變得普通時尚了。

在此我並不是要抱怨。我想說的是，在熟悉的場所可以放輕鬆的話，自我印象會不斷變得更好，還有，這年頭的買賣幾乎都是抓準了消費者那種「覺得自己寒酸的心理」。如果被眾人指指點點，任何人都會有點在意。很多商品就是利用大眾這種小小的心理。

讓熟悉的事物更多，想見的人更多，想去的地方和常去的地方增加，笑著活下去似乎是唯一的對策。反之，拿捏好箇中平衡，偶爾去沒去過的地方，確認自己的姿態和想法也非常重要。這樣的話，常去的地方會變得更溫馨。因爲那會讓人懂得更珍惜熟悉的場所消失、曾在的人離去的經驗。

上次在原宿 Laforet 一樓入口，替我這個連載畫插圖的泰國藝術家 Tam 和他太太舉辦了一星期的活動。我去了兩次，來來往往常遇到，還一起吃過一頓晚餐。之後，湊巧有事再去同一個地方，那裡少了 Tam 夫妻，看起來似乎有點空蕩蕩，讓我有點寂寞。那樣溫柔留下殘影的狀態，我認爲或許最好。

小紅鳥椅子

那張椅子是合成皮做的，其實是平凡無奇的小沙發。大小正適合十歲左右的孩子，大紅色，形狀如小鳥。

我以前真的很愛這張渾圓的鳥眼毫無感情的小鳥椅。

那張椅子放在當成起居室的小房間，我每次躺著看電視的地方，而且從小學一直到中學我都持續愛用。皮面已經嚴重龜裂褪色，對我來說太小了，但我還是繼續用。

母親卻很嫌棄那張椅子。

我想無論是那骯髒褪色的顏色或我懶散躺臥的姿態她都很討厭。

我猜想，母親生於教養嚴格的家庭，可能實在看不慣我穿著洋裝就那樣懶散躺下吧。就算理智上想寬容，心情肯定也不愉快。

上了中學，我幾乎失去所有的昔日好友。因爲好友都分到不同的班級，或者忙著上補習班。

就在大家情竇初開，開始注重打扮的那時，我卻對那些毫無興趣，整天和園藝社的朋友看卡通或是玩武打遊戲（……武打!?）。

所以我在班上也有點格格不入，我開始感到和小學時比起來人生眞無趣。而且突然出現八字不合的教師。我小學的時候運氣很好，校長是迄今想起仍會想哭的大好人，每天都會叫幾個應屆畢業生去校長室一起吃營養午餐，一邊詢問大家將來有什麼夢想。校長花費的心思和關愛我永生難忘。在那樣的校長領導下，老師們雖各有怪癖但也都很出色。

然而，到了中學後該怎麼說呢，好像創造力突然被狠狠壓抑，教師們都籠罩在升學壓力下。想必那是理所當然，但總之面對那群滿腦子只有戀愛和K

書的大軍，壓力大得我幾乎發狂。火上加油的是，母親向來生活方式隨心所欲，因此從小就是姊姊在照顧我，可是這時姊姊也離家去京都上大學了，所以我相當鬱悶。

我這種痛苦，只能抱著「回家把臉埋進那張椅子睡覺就能治癒」的想法勉強熬過去。實際上也的確如此。只要躺在那紅椅子睡覺，在學校的種種不快見聞皆可全部忘記。迄今我只要把臉湊近合成皮的椅子，還是會想起那張小鳥椅。

然而有一天，對那張椅子和我早就看不順眼的母親，沒問我一聲就自行扔掉那張椅子。等我放學回家發現椅子不見了大吵大鬧時，母親只對我說，「因爲椅子太髒。」

我連忙跑去垃圾場，然而爲時已晚。

母親死後，雖然我對她思念至深甚至願意付出任何代價只爲再見一面，可是！可是！當我想起這件往事，到現在都會火冒三丈，甚至想殺了母親！

人眞的是很蠢，很不可思議。

如果母親能夠起死回生，我想我大概會立刻把椅子雙手奉上給閻羅王，但即便如此，我還是很生氣。

她奪走了我最心愛的東西，奪走了我的力量……這種咒術式的敗北固然令我不甘，還有當時母親省略的溝通……如果她好好告訴我，「最近妳老是懶洋洋地躺在那椅子上，悶悶不樂，有點邋遢，也不換衣服，我看了眞的很心煩。」我肯定也會回答，「對不起，對不起，我會振作一點。但是這張椅子請妳不要丟。」就此和平解決。未能如此實現，多少也有點可悲。

對於感覺被排擠的青春期少女而言，那張椅子是多麼重要！這點我到現在都無法讓步。就算明白「區區一張椅子算什麼？」也不能妥協。我想永保赤子之心。用不著成爲好人沒關係，雖然我深愛母親一切都可原諒，唯獨不原諒那天的母親，那也沒關係。

那樣把靈魂寄託在椅子上之舉，我自己也不明白但總之極有重要性，毋寧更想破解那個意義。

所以我雖自認在教養小孩的過程中已經很小心，但我很粗線條，打掃時往往一不小心扔掉或弄壞家人珍愛的小東西。每次，我都會想起當日的母親到底有多想扔掉那張椅子，可以理解她那種「不能怪我，心情不好的時候偏偏叛逆期的女兒還在那兒懶散地凝眼」的心情。即便如此，我兒子珍惜的東西就算再怎麼破舊骯髒，我也希望我能夠盡量理解。

極爲渺小的小幸福

某日，長年來我家幫忙的幫傭突然病倒，雖無生命危險卻無法再通勤。之前都是麻煩她每週來兩次，打掃洗衣。

記得北山耕平先生的《大自然的課程》好像也寫過類似的情形，我爲何要爲了付錢讓人替我做本來自己該做的事，拚命在外工作掙錢？當時我雖然覺這樣好像會是個大問題，但爲了支撐眼前的生活不得不寫作（尤其是爲了幼子和年邁的父母），還是決定雇用她直到現在。

她做家事非常仔細，節奏明快，幫了我很大的忙。

以前在舊家時經常有人出入，大家都是好人，和小孩在一起也眞的很快樂，但我似乎還是極度渴求獨處的時間。

搬到現在的新家後，那種渴求在壓抑太久後爆發，有一陣子我每晚都獨自出去喝酒。

我細細咀嚼獨自走夜路的幸福和與家人共處的幸福，終於稍微穩定下來。現在回家換上寬鬆服裝邊喝啤酒邊做菜成了我最幸福的時刻。雖然有時飯後還是會出去喝一杯，不過晚上多半都在家工作。今後，想必那種情形會越來越少吧。留下的人將會是畢生息息相關的人——正有這種念頭時就發生了幫傭的事，我不禁想，啊，果然。

我偶爾會直覺異常靈敏。

去年搬新家時，那個幫傭踏進新家的瞬間，我已經清晰感受到彷彿有誰在我耳邊說，「啊，此人在這個家的時間不會太長。」但我很不情願，不捨得，很困擾，所以一次又一次抹消那種直覺。

沒事，幫傭看起來很健康，肯定還能繼續工作。她每次來時，我都努力這麼想。

然而，果然還是變成如此。雖然或許哪天她還會回來，但等小孩長大了家裡就不太需要幫傭，想必會變成一週一次，總之應該已經不需要她賣力地連續工作好幾小時了吧。

現在還有點失落。

她最後一次來折疊的衣服和床罩還留有她的身影。我仍不相信，無法相信，因爲我們已共處十年。

我母親是個不太做家事的人，所以她和我母親毫無相似之處。

可我突然有點想喊她「媽媽——」。

傍晚她要離開前，露出爽朗的神情彷彿要說「好了，工作結束我該走囉！」時，我就會想，接下來我也要做飯囉！小孩在看傍晚的電視節目，大家在夕陽餘暉中各自充滿活力，我很喜歡那樣的片刻。

然而事態不容我如此沉緬感傷。我家有三人，五隻動物。該做的事很多，請來打掃的另一個人只有週六才來。

其他的日子只能自己做。我下定決心，抱著不管變成怎樣都沒話說的覺悟，開始刪減工作。

如果只剩我們老倆口也就算了，問題是現在孩子還小。傍晚我不想讓他當太久的鑰匙兒童，也不想讓他睡不乾淨的床單。

總之我只能努力做到最低限度的家事。當然晚上還要做我自己的工作。

沒想到，有些東西已經變了。習慣之後家事的難度變得比以前低。雖然我很隨便，做得潦草，但起碼做到了。自己能夠擁有自己的時間的那種幸福又回來了。

說得極端點，我在半夜三點打掃，清晨六點先做好晚餐也可以。我嘗到久違的不出門的生活有多美好。以前因爲太忙碌，所以幾乎只用宅配的蔬菜拼湊出晚餐，如今我可以去超市買菜做自己喜歡的料理。而且我不用付薪水給我自己。

雖然很累，好像時差有點調不過來，整個人搖搖欲墜，卻也有點快樂。

之前幫傭還在時那種傍晚溫暖的幸福，現在變成從超市回來後晚上不用再出門，於是迅速脫掉胸罩，邊喝啤酒邊烹調（這點倒是沒變）的幸福。盡情活動身體打掃，弄得滿身大汗後去沖涼也很暢快。

若是不久前的我，大概會覺得「這樣的每一天都是地獄」。忙於家事，忙於工作，毫無生活品質可言。然而，當我驀然發現已有自己分配時間的喜悅後，一切就變得毫無問題了。只能說是心態的轉變，總之就是很慶幸。

無緣再去的場所

我無法瀟灑地揮揮手說聲從今日起就此別過。無論男女或場所，我都完全沒那種經驗。每次都是當我恍然大悟地察覺時，才知那是最後一次見面。

切身得知事物必有結束，以我的情況，我想應該是在很年輕的時候。我生長在老街，有很多非常生猛的事件發生，也養了很多動物，因此常有生離死別。或也因此，我才盡量不讓離別的時刻那麼清楚。

偶爾我很想去的房子，是舊情人的父親的別墅。

舊情人有妹妹，我和她到現在都很親近。

所以老實說，我曾帶著孩子，連丈夫都跟著，去舊情人的老家過夜。很不可思議吧！

爽快接待我們的伯母固然肚量驚人，我想最主要的還是因爲他們尊重舊情人的妹妹，也就是那家的女兒一直和我保持的好友關係。看到那個現在定居國外偶爾才會回娘家的舊情人的妹妹（眞複雜……）的年幼女兒和我兒子，在我年輕時常借宿的客房開心玩耍，讓我感慨頗深。

我本來就和那個妹妹要好，所以早在和她哥談戀愛前就去她家住過很多次。最誇張的時候連正月新年也住在她家。他們一家眞的很大方，不知怎地連他朋友和附近的歐巴桑都老是跑來吃飯。那家的媽媽和附近的歐巴桑晚上還會很開心地一起泡澡，那種開放讓我這種偶爾叨擾的人只覺莫名其妙。不過，正因如此我才能毫不客氣地撒嬌耍賴，年輕的我住在那裡只需要疊棉被和洗碗盤。如果是現在的我肯定能幫上更多忙，所以想想怪不好意思的。

他們的恩情我永生難忘。會來我家的都是和父親工作有關的人，所以我想我大概一直很憧憬那種什麼都不在意、人們平等聚集的樣子。雖然和他分手了，但是想到他們一家人時，我只祈求他們能夠幸福。

話說回來，那家的爸爸擁有的別墅和那開放的老家不在同一處。別墅幾乎位於小山的山頂上，景觀絕佳。那家的爸爸蓋別墅是爲了雕刻及工作，雖然每逢週末媽媽也會去，但平日感覺上就是他一個人的男人樂園。

我也曾借宿該處，在那裡舉辦串炸派對，頗得他的縱容疼愛。雖然別墅的位置並不方便，房子本身也不大，但或許是因爲景觀絕佳，總有開放感，綠意盎然的空氣清新。而且陽光美麗。睡在那裡總會做美夢。是那種彷彿在愉快的氣氛中散步的甜蜜美夢。

那家的爸爸獨居別墅時過世了。

其實在我借宿的後半期，他就已罹患肺疾，身邊經常放著裝水的瓶子。而且頻繁使用氣喘病人用的噴霧器。我母親也是同樣的病，所以我很了解那種痛苦。不過，那家的爸爸直到最後都沒有放棄自己的樂趣，就算痛苦也照樣在人前笑口常開。他說山上空氣比較好，堅持繼續往返那個離自宅有點遠的山頂別墅。

最後一次去時，是我和好友從關西回來。那個好友也和那家的女兒熟識，因此那家的爸爸邀我們順道去玩。大家一起吃火鍋，盡情歡笑，隔天媽媽也來了，大家一起開車兜風。

一如往常關門，走下樓梯時，我並未想到那會是最後一次，我以爲還會再去，毫無眷戀不捨。

然而之後突然發生很多事，我和那家的兒子分手，大家進入悲傷的時期。

就在我沉浸於分手的悲傷時，我的生日到了。

那家的爸爸傳訊息給我，祝我生日快樂，還叫我有空隨時再去玩。

我還沒回覆，就收到他的死訊。

我得知那封訊息是他在人生最後一刻寫的幾封訊息之一。

我和那家人通電話，哭了很久，也和分手的前男友聊了一會，盡量鼓勵第一個發現爸爸過世的妹妹……心結早已消失，從那天起，那個小屋成了我永遠憧憬之地。那是我絕對無緣再去，度過無數美好時光的，美夢之家。

謝謝醫生

老是在談發燒和疼痛真的很抱歉，但我差點因成人水痘死掉。

我不知道自己沒做過預防接種，照料出水痘的兒子時，突然莫名其妙覺得腰痛，接著全身都冒出像明太子一樣的紅色小顆粒。我心生懷疑，打電話問姊姊，姊姊說，「說來妳小時候好像沒出過水痘喔～」我心想，那妳早說嘛，但就算早知如此，我應該還是會照顧生病的兒子，更重要的是現在說什麼都太遲了。

我發高燒暈倒被抬上救護車引起一陣騷動，但家人都很貼心，而且當時父母還在，如今倒成了美好回憶。

我心想，「平時總在忙碌，只有現在病倒了有時間。」把堆積許久的搞笑漫畫全部看完哈哈大笑，還覺得「大笑果眞能夠提升免疫力，笑的時候一點也不覺得不舒服呢」，雖然很蠢，但連我自己都覺得自己眞是打不死的小強。

起初腰痛而且腰和臉上都冒紅疹時，我以爲是帶狀疱疹。正逢黃金週連續假期，趁著全身沒起疹子之前，我迅速前往常去的眼科。因爲我想起，眼睛周圍的疱疹如果進入眼睛，後果會變嚴重，因此每次單純長疱疹我都會去拿藥。

正常情況下，如果眼睛周圍有點疱疹，通常醫生都會說「這是眼科，所以先開點眼藥給妳，之後妳還是去看皮膚科比較好」，但這次醫生當下判斷，「現在正逢黃金週假期，而且依我判斷這肯定是帶狀疱疹或單純疱疹。萬一在皮膚科開門前這幾天，病毒進入眼中就糟了，所以我另外再開點口服藥給妳。」這個判斷救了我。多虧趁早吃藥，才讓我的病情沒有危及性命。

通常醫生怕麻煩都會推給皮膚科，可是這位醫生甘冒風險做出判斷救了我。

我很久沒有這樣在去過醫院之後感激得想哭了。

「呃，這是皮膚科的領域，請妳去看皮膚科。」

「這種程度的發疹還無法判斷是不是疱疹，請妳等連假結束後再來看診。」

「等妳發疹可能進入眼中時再來就診。」

以上這類答覆就是當今日本的標準模式。想必醫生也想避免醫療糾紛吧。

我很同情生於這種時代的各位，但我是在小鎮醫生的照顧下在更有人情味的幸福時代長大的。

「現在就把我全身都交給您，乖乖聽您的話，因爲醫生看起來就很有說服力」——可以讓人產生這種心情的醫生，光是見面就能讓人安心治癒疼痛苦楚的醫生，正從日本逐漸消失。

日本的國力，大概就是這樣衰退的。

那是一種「那人在做他的專業工作，所以可以安心了，自己也要加油」的心情。當然我在作家這個領域也會朝這個目標努力。

那間診所位於車站附近灰撲撲的大樓中，不斷有病人湧入。

當然是因爲醫生的風評極佳。開業時醫生爲了成爲本區的好醫生不眠不休看診。現在多了另一位醫生，有了固定的休假日，總算讓人比較安心，但他當時眞的是天天工作。所以醫生總是只能用五分鐘解決三餐。在昏暗的室內整天不斷診察人們的眼睛疾病。每天一開門就大排長龍，晚上還得加班一小時以上。

但醫生絕不會因此在看診時變得馬虎或焦躁或失去同理心草菅人命。最後一個病人如果拖到太晚，他會事先打電話給藥局請對方晚點打烊。因爲病人就算拿到處方箋，如果不能拿到藥還是無法立刻服用……必須尋找還沒打烊的藥局，對於眼睛已經不好的病人更是平添困擾。所以他是替病人著想才這麼做。

護理師們雖然工作辛苦也很勤快。想必是因爲有一個能夠人性化做判斷的醫生在旁的關係。那是默默無名卻偉大極致的醫生。

即便那麼忙，醫生最後必然親自替我點眼藥。無論眼睛狀況多麼糟，我也會覺得藥非常有效，感覺沒那麼不舒服了。我每次都想，這才是醫療啊。

想到醫生，在東京這種充滿壓力的氛圍中，要每天人性化地熱情工作雖然很不容易，但我自己也要見賢思齊，千萬不能灰心喪志，這麼一想，彷彿也打了一劑強心針。

創造幸福

我從年輕時就認識那家的爸爸。

他疼惜妻子，關愛家人，有很多小嗜好，是個兢兢業業努力生活的人。他說年輕時經常派駐各地所以已不想搬家，幾十年前買了小房子後就一直住在那裡。

他有兩個女兒，兒子也已獨立。不過因爲父母太好，女兒都不願離家，兒子也住在附近經常回家。

就在那樣不願離開父母的過程中，兩個女兒各自遭遇了很多事也痛苦過。後來媽媽出現失智的症狀，現在她們住在附近每天回家。

我以前常去玩的時候，那棟房子還很新，雖然對一家五口而言，房子絕對不算大。但在狹小的起居室，大家和樂融融擠在一起，無論吵架或哭泣，都有種絲毫不顯狹仄的自在氛圍。而且身爲手足眾多的老么自由長大的媽媽總是笑嘻嘻。

這家人顯然都很愛很愛媽媽……眞好，和母親感情不太好的我非常羨慕他們。

因爲是個性比較嚴厲的母親那邊的親戚，讓我總是有點緊張，因此年輕時似乎是用不太合乎禮儀的方式和那家人相處。往往忍不住撒嬌、胡鬧，或是自以爲是。

然而，日前去作客，我第一次覺得自己已經盡力做到最好。

我想，我終於長大了。雖然很晚，但總算來得及。

好久沒去那家，那家的爸爸媽媽都已不再忙著四處張羅。因爲他們已步入舉步維艱的高齡世代。家裡改由兩個女兒做飯，不時拜託爸爸幫點小忙擺放餐具。

媽媽已對很多事都有點糊塗，吃飯會拿起隔壁位子的飯碗，或者講話有點牛頭不對馬嘴，但我曾和間歇性失智的高齡父母共餐好幾年，因此絲毫不以爲意。倒是他們能在這個屋子數十年如一日地共進晚餐讓我很感動。媽媽如果講話有點奇怪或者把食物灑了，女兒就會相繼對她說，「沒事沒事，妳說的對，媽媽。」「我來擦就好，沒關係喔媽媽。」就算那是醫生建議他們如此對待病人，我也依然很感動。而且他們打從一開始就替貓咪留了一點生魚片，貓來了大家就一起把生魚片餵給牠吃，這點也讓我看了很感慨。這樣的生活不斷重複，即便媽媽發病後女兒們也積極接手照料，完全沒抱怨太麻煩或太吃力太辛苦，只想陪伴媽媽。那讓我很感傷。

相較於那些住在大房子、做出無比新穎的事物，或者工作忙碌深具意義的人們，我認爲，這家人累積下來的東西完全不比前者遜色。

同時我也期許，今後要更加留心不要隨便對人下斷語。不要只憑別人做的事情、外表、講話內容去斷定什麼。因爲那家的女兒個性相當奔放，嘴巴也有點惡毒，如果是在外頭偶然邂逅，我說不定會想，「這些人好像很凶惡？」

我要告辭時已經很晚了，那家的媽媽對我說，「要不要叫妳媽媽來接妳？」我說，「就算現在我媽從那邊來接我，我恐怕也暫時不方便跟她去……現在可是中元節。」大家聽了都笑了。那家的媽媽也放聲大笑。

那家的爸爸笑容滿面說：

「下週是媽媽的生日。而且，再過兩個月就是我的生日，我很高興的是，只有在這兩個月的期間我們同齡。所以從下週起，我們都是八十二歲。每次這段期間我都特別開心。」

我暗忖，最近我可曾聽人說過如此有分量的衷心之言？更重要的是，我自己可曾說過這種話？

很遺憾，顯然沒有。

沒辦法，我的工作，很難採用這種慢慢醞釀熟成的做法。我只能逐一思考，解決，應對，見招拆招做判斷，就像習武者四處漂泊磨練武藝，這是自己的選擇，沒法子。

我誠心誠意說，「眞好。」其實我更想說，「您這種了不起的生活方式，保護了家人。您用一生創造了明確的幸福。」但我覺得那樣好像太輕浮，說不出口。

但願我也能成爲一個光看我的生活方式，就好像在用言詞讚美某人的那種人。我如是想。

後記

父母在同一年相繼過世，那段時期心情沉鬱難以言表，但自己寫的小幸福可以拯救自己，我抱著那樣的信念繼續寫這個連載。

將連載的文章集結成書出版時，我的人生想必又進入新的篇章，但我想我肯定在凝視腳邊細數小幸福。這點不會變，我認爲這是自己的長處。

連載期間協助我的中央公論新社的府川仁和先生，多年來一直溫暖守護我的責任編輯渡邊幸博先生，謝謝你們。多虧有你們才能完成本書。

還有連載期間一直支持我的吉本芭娜娜事務所全體成員……高島諭果小姐，小口早苗小姐，井野愛實小姐，武本一人先生，鈴木喜之先生，謝謝你們。

每次從泰國寄來出色的畫作，像王子一樣帥氣的Tam，威蘇特・彭尼米特

（Wisut Ponnimit）先生，謝謝你。還有Tam可愛的太太，娃琪拉彭・林碧普瓦德小姐，謝謝妳每次居中翻譯，把小幸福的核心傳達給Tam。

運用Tam的畫作製成可愛書籍的木村設計事務所的木村裕治先生，川崎洋子小姐，也謝謝你們。

還有，不知爲什麼，連載這些文章的期間，我感覺一直有山田詠美小姐陪伴。思及山田詠美小姐描繪的自由讓我得以解脫心靈桎梏的分量，我甚至惶恐得不敢對山田小姐居住的中央線方向有任何不敬的舉動。謝謝妳。

我希望這本書可以在讀者高興的時候隨便從喜歡的段落開始看起，讓人心情稍微放鬆。隨你要慢慢地一頁一頁翻閱，或者放置數年都沒關係，當小幸福不夠時請翻開本書。

對了，梨子精靈船梨精也唱過喔。享受人生的我們「與其計算不幸，不如只去細數收穫」，讓我們在這個艱難的時代好好活下去吧！

二〇一四年十二月　吉本芭娜娜

藍小說 843

小幸福寶典

作　者—吉本芭娜娜
譯　者—劉子倩
編　輯—張瑋庭
封面插畫—Wisut Ponnimit
美術設計—Bianco Tsai
內頁排版—極翔企業有限公司

副總編輯—嘉世強
董 事 長—趙政岷
出 版 者—時報文化出版企業股份有限公司
108019臺北市和平西路三段二四〇號三樓
發行專線—（〇二）二三〇六六八四二
讀者服務專線—〇八〇〇二三一七〇五・（〇二）二三〇四七一〇三
讀者服務傳真—（〇二）二三〇四六八五八
郵撥—一九三四四七二四時報文化出版公司
信箱—（一〇八九九）臺北華江橋郵局第99信箱

時報悅讀網—http://www.readingtimes.com.tw
電子郵件信箱—liter@readingtimes.com.tw
法律顧問—理律法律事務所　陳長文律師、李念祖律師
印　刷—勁達印刷有限公司
初版一刷—二〇二〇年十一月二十日
初版五刷—二〇二三年七月二十六日
定　價—新臺幣三二〇元
（缺頁或破損的書，請寄回更換）

時報文化出版公司成立於一九七五年，
並於一九九九年股票上櫃公開發行，於二〇〇八年脫離中時集團非屬旺中，
以「尊重智慧與創意的文化事業」為信念。

小幸福寶典 / 吉本芭娜娜著；劉子倩譯. -- 初版. -- 臺北市：時報文化, 2020.11
面；　公分. --（藍小說；843）
譯自：小さな幸せ46こ
ISBN 978-957-13-8446-7

861.67　　　　109017433

ISBN 978-957-13-8446-7
Printed in Taiwan